第1屆
島田荘司
推理小說獎
決選入圍作品

THE FIRST SOJI SHIMADA
MYSTERY FICTION AWARD

快遞幸福不是我的工作

幸せ宅急便は
ぼくの仕事
じゃない

不藍燈 著

關於第一屆「島田莊司推理小說獎」

華文世界近年來掀起了一股推理小說的閱讀風潮，大量日本、歐美的推理作品被譯介出版，也深受讀者的喜愛，但以華文創作的推理小說卻仍然偏少。皇冠為了鼓勵華文推理創作、發掘年輕一代深具潛力的推理作家，特別徵得有「日本推理小說之神」美譽的本格派推理大師島田莊司先生的同意與支持，與日本、大陸、泰國的出版社聯手舉辦第一屆「島田莊司推理小說獎」，獲得首獎的作品並將首開先例，在四地一起出版，堪稱劃時代的空前創舉！

參賽作品必須符合島田大師對「本格推理小說」的定義，即「在故事的前半段展現具有魅力的謎題，並在故事進行到尾聲的過程中，利用理論的方式加以剖析、解說謎題的這種形式的小說。」

島田大師並期待：「向來以日本人才為中心的推理小說文學領域，勢必將交棒給華文的才能之士。我可以感覺到這個時代已經來臨。」而為了配合第一屆「島田莊司推理小說獎」，皇冠並同步舉辦了「密室裡的大師——島田莊司的推理世界」特展，也希望藉由這些活動，能夠加深一般大眾對於推理文學的討論與重視。

推薦序——謀殺快遞

PChome Online董事長／詹宏志

任何帶來新想法、新手法、新氣氛、新語言的推理小說，哪怕只是一點點，對我這位老推理迷來說，都是心裡感到開慰的事。推理小說獎的入圍作品《快遞幸福不是我的工作》就是這樣一部帶給我新感受的推理小說，讀起來很開心。

《快遞幸福不是我的工作》這部小說，乍讀起來很像目前流行的「網路小說」，或者說，是蔡智恆寫出《第一次的親密接觸》所帶起來新典範的書寫風格。一般而言，網路小說節奏明快，不求厚重；取材於年輕人的生活，不會捨近求遠；氣氛上大部分幽默搞笑，很少沉重負擔；對白常用時下的流行用語，有一種時髦之感。雖說這些小說興起於網路，受年輕人的歡迎，有時候卻不為嚴肅評論家接受。但我傾向於相信創作風潮與文學風格時有「世代交替」，反映了當時的民心向背，新世代書寫典範轉移快速崛起於網路，沒有傳統「守門員」從中作梗，反倒可能是原因之一。

《快遞幸福不是我的工作》這部小說巧妙地把「網路小說」的書寫風格「借來」

撰寫推理小說，正是我在其中得到的樂趣之一。推理小說在發展的進程中，不斷吸收他種類型成為養分，也是此一類型歷久不衰的奧秘；推理小說永遠不虞轉折與翻新，它能從科幻小說演化、能從歷史小說演化、有些竟然還能從奇幻或怪異小說演化，生命力驚人；如今，又有創作者輕鬆自網路小說演化出推理小說來（或者顛倒過來說，是推理小說把自己「喬裝」成網路小說），這是一點也不奇怪的事。

雖然化身網路小說，《快遞幸福不是我的工作》一書仍然是百分之百的推理小說。它有案子（一個如假包換的謀殺案），有布局，有轉折，有懸疑，最後也還有驚奇，故事男主角更從嫌疑犯掙脫，成為自己破案的要角；小說還有各種陪伴的角色，包括一個極具偵探實力的法律系高材生朋友……這些元素與設定，當然都是你在推理小說裡早已熟悉的。

但小說的腔調是新的。

小說的主人翁阿駒從事一項有意思的時髦工作，叫作「情歌快遞」。每當有委託人想要塑造一種浪漫氣氛，譬如有人要向女友求婚，就可以要他在特定時刻突然出現在兩人約會的餐廳，演奏起約定好的情歌（他能演奏薩克斯風與吉他，也有好歌喉），在這突如其來的浪漫場面，委託人向女友下跪，拿出預藏的戒指求婚，女友當場就眼淚潰堤，邊流淚邊點頭，完全失去抵抗能力，演奏者達成任務就趁亂悄悄退去。

阿駒平日通過e-mail和MSN接案子，生意不多倒也夠用。直到有一天，他和往常一樣接了案子，依約前往一家汽車旅館，他遵照指示藏身在房間裡，準備要帶給進門的女子一個意外，但約定的人始終沒有出現，等到他走進洗手間想上廁所，卻看見浴缸裡躺著一具全裸的女屍，頭上破了一個大洞。

他是被陷害了，但網路上連絡者來去匿名，無跡可尋。阿駒的奇怪職業也無法說服警方，他的確只是聽從了一個莫名其妙的指示來到現場，而且還待了很長的時間。案子用這樣奇特的方式開始，接下來當然就是推理小說要進行的解謎的部分；作者也很盡力的創造了許多驚奇，中間也安排了各種辦案推理討論的橋段，對推理迷來說，這是情節豐富、沒有冷場的小說。

我喜歡這部小說的很多方面。我喜歡他設定的背景，年輕人的現代世界；我喜歡他輕快而略帶自嘲的語言；我喜歡他那頗有巧思、但沒有太過詭異超乎現實的謎題；

我也喜歡他用到的網路日常生活用語，包括劇中角色在MSN上的名稱；我也對他塑造角色的功力，覺得很欣賞！

這是本土創作推理小說的好發展，有現代感、有現實感、故事輕鬆有趣、角色活潑生動，讀起來很親切，也覺得很能得到娛樂。也許有人期望得獎小說應該更「用力」，更費腦筋，我倒有一點不同想法。「輕鬆」（light-hearted）推理小說本來就是推理小說史的一支，古典的我可以舉寫《玩具店不見了》（The Moving Toyshop, 1946）的英國作家克里斯賓（Edmund Crispin, 1921-1978）為例，近的我也可以舉寫《脫衣舞孃》（Strip Tease, 993）的美國作家卡爾．海爾森（Carl Hiaasen, 1953-），也許我可以再加上日本的赤川次郎（Akagawa Jirou, 1948-），這幾位都是輕鬆幽默推理小說的最佳詮釋者；如果未來有一天，《快遞幸福不是我的工作》的作者能夠躋身和他們相提並論，這絕對是值得推崇的成就。

一

這個世界的不幸太多，幸福太少。

我很想替這個世界做點事，但終究是無能為力。我連自己都搞不定了，又哪來的力氣管到其他？那個事件把Andy和我捲入其中，就像是做了一場噩夢，除了揮之不去的黏膩和不快，還有深深的無力感。

故事，也許該從去年認識阿智開始說起。

我開著我的水藍色Honda Civic八代，沿著北部濱海公路，往三芝一間有名的海邊咖啡館開去。咖啡館的名字叫「山小海大」，天知道那是什麼意思。

已經十月了，夏天燠熱的天氣漸漸接近尾聲，我把車窗降下，享受一下窗外大海的氣息。風把我飄散的長髮吹亂，不過我卻很享受風吹在我臉頰皮膚的觸感，就好像有人輕輕地在撫摸。

約定的時間是晚上七點，我瞄了一眼手錶，還有將近一個小時，照這個速度，大概會提早四十分鐘抵達。不過假日的濱海公路時常塞車，而做我這行的，守時是絕對必須遵守的信條，因為你永遠不會知道，遲到可能帶來什麼嚴重後果。

我放慢速度，既然確定不會遲到，不如開慢點，好好享受海邊的風光。淺水灣這一帶最近冒出了不少咖啡館，既可以喝咖啡、吃東西，又有海景可以欣賞，受到許多假日沒地方可去的台北人歡迎。我慢慢駛近「山小海大」，在路邊找了一個位子停進去。我不急著下車，反正還有時間，不如在車上閉目養神片刻。太早出現在約定的地點，也是幹我這一行的大忌。

這次的委託人指定要用薩克斯風來演奏〈月亮代表我的心〉。有些時候委託人會全權讓我決定樂曲和樂器，但大部分的時候，委託人喜歡把決定權留給自己。

關於委託人我知道得不多，只知道他叫阿智，在網路公司上班，講電話的時候很有禮貌，而且打字的速度很快。

其實不只這樣，我還知道阿智對自己的歌喉很有自信，有一個相戀八年的女友叫婉菁，八年前阿智跟她告白的時候，唱的就是這首〈月亮代表我的心〉。

對婉菁我知道得還比較多。阿智透過MSN把她的照片傳給我看，她個子小小的，大概還不到一五五公分，但有一雙大眼睛。我不知道那大眼睛裡面有些什麼，不過我著迷似的盯著她的眼睛看了很久。

婉菁的頭髮紮成馬尾，感覺起來很有精神，不過阿智告訴我現在婉菁已經把頭髮燙成大波浪，脫去了學生氣質，多了幾分女人味。

她的皮膚很白，不過不是病態的那種慘白，而是白裡透紅，看起來皮膚很好的那種白。

照片裡她穿著牛仔褲和T恤，逆著風站在海邊，衝著相機鏡頭笑得非常燦爛，露出了一口整齊的牙齒，看起來很開心、很幸福。

阿智還跟我說了一堆關於婉菁的事情，因此我知道她最喜歡吃甜食，但是怕胖不敢吃太多，唯一不喜歡的甜食是麥芽糖，因為會黏牙；最喜歡的書是《小王子》和

《牧羊少年奇幻之旅》；最害怕的動物是老鼠；最喜歡看海，尤其是和阿智一起看海，夢想有一天可以去希臘玩，和阿智一起把心遺留在愛琴海。至少阿智是這麼告訴我的。

阿智有一個計畫，打算在今天讓婉菁點頭，答應成為他的新娘。他搜尋了很久，找了一家聽得到海浪拍打、聞得到鹹鹹海風，並且裝潢布置完全是希臘地中海風格的咖啡館，一次實現了婉菁兩個夢想。

他準備了鑽戒、鮮花、紅酒、溫馨的燭光和舒適的沙發，當然，還有現場演奏的情歌。

而我呢，就負責演奏情歌這個部分，其他則不關我的事。

我的工作有個很浪漫的名字，叫作「情歌快遞」。顧名思義，我快遞的不是有形的貨物，而是無形的情歌。我的歌喉不錯，會玩一點薩克斯風和吉他，如果你需要我的話，可以從我的網站上找到E-mail和ＭＳＮ帳號，然後只要三千元（信用卡、劃撥、ＡＴＭ轉帳或面交皆可，外縣市交通費另計），就可以享受到我專業的服務。

不過，如果我對演奏的對象沒有一點想像，對演奏的目的沒有一點了解，我的演奏絕對不會有靈魂。因此，我也有一點小小的堅持——我需要演奏對象的照片，需要知道演奏對象和委託人之間的故事，越詳細越好。

阿智是個很配合的委託人，因此我拿到了婉菁的照片，聽到了我想要聽的故事，對我該用什麼樣的情緒去演奏也有了想法。

這次任務的流程大約是這樣——我穿著整齊，準時抵達咖啡館，告訴服務生我是來演奏的，接著就會有人引導我到阿智和婉菁的隔壁包廂，然後，我就等。等多久不知道，要視什麼時候阿智決定開始行動。

時機到了我會收到暗號，然後開始演奏。一邊演奏，一邊慢慢探進阿智和婉菁的包廂，這時候阿智會比我還忙，他會開始唱歌。在一首歌的時間裡面，阿智除了要深情唱歌，還要拿出戒指，幫婉菁戴上，並且問出最關鍵的一句話——

嫁給我好嗎？

這劇本是阿智想的，我不是很喜歡。

並不是這個劇本不夠浪漫，事實上，這非常浪漫，而且浪不浪漫又關我什麼事呢？也不是這個劇本太複雜、變數太多，畢竟我還碰過很多更複雜的任務。

最重要的原因在於，在那關鍵的一瞬間，我居然缺席了！

當音樂響起的時候，我人在隔壁包廂，看不到婉菁臉上會是什麼表情，她的大眼睛在驚訝的時候會發出什麼光芒？她的眼眶會紅起來嗎？她會點頭，還是會不知所措？

雖然我不喜歡這個劇本，但是付錢的人是阿智，我不喜歡不成問題，他喜歡就行！我只負責演奏，其他不關我的事。

我下車打開後車廂，把靜靜躺在裡面的薩克斯風拿出來，再一次檢查它的狀況，試著回想〈月亮代表我的心〉的演奏指法和換氣。雖然這首歌技巧不難，也練習過很多次，甚至還透過電話和阿智對了Key，但我還是不敢掉以輕心。

這就是專業！我在心裡這樣自豪地告訴自己。畢竟，這是一場不能容許NG的表演。

時間差不多，我下車往咖啡廳走去。一路上不少好奇的眼光黏在我的身上，帶著薩克斯風走在濱海公路上，果然是太顯眼了點。

那是間藍白交錯的小房子，可愛耀眼得像直接從希臘地中海邊搬過來。嗅著鹹鹹的海風，我幾乎可以想像裡頭一個希臘大鬍子正等著歡迎我光臨，他身穿白色廚師袍配上廚師帽，熱情地告訴我他的拿手菜是番茄耶米斯塔，搭配卡布里白酒剛剛好。

門前的招牌提醒我這裡是台北不是希臘，招牌上寫的不是希臘文，而是四個我看得懂的中文字——山小海大。

我還沒來得及開口問，就被一個笑得很燦爛的男生引導到了一間包廂，大概也是因為認出了我的薩克斯風吧！嗯，如果想知道的話，他沒留鬍子，也沒穿白袍。

包廂裡面有一張桌子、幾張椅子，我挑了一張看起來還算舒服的椅子，就在那坐著等，順便整理一下服裝儀容。這是一個不能容許ＮＧ的表演，每一個小細節都不能放過。

包廂隔音效果可能不太好，隔壁隱隱傳來阿智的說話聲音（我在電話裡聽過），還有一個低沉的女性聲音，想來必定是婉菁的聲音。她的聲音跟想像中不太一樣，比較低沉、比較圓潤。

阿智不知道說了什麼，逗得婉菁笑個不停。從電話中與阿智的接觸，我可以感覺到他滿誠懇的，對婉菁也很用心，不過我倒不知道他還會搞笑。

「啪、啪！」包廂門口傳來兩聲清脆的擊掌聲，打斷了我的思緒。一個服務生站在那裡看著我，我猜擊掌聲應該是他弄出來的。

「啪、啪！」像是要證實我的猜測，他看著我，又把手舉起來拍了兩下，試圖用眼神告訴我什麼。

然後我終於領悟過來，這就是我一直在等的「暗號」。該我上場了！

我開始吹奏，慢慢步進隔壁包廂。隔壁包廂和我殺時間的那間差不多，只除了我那間的餐桌上是空的。我看到婉菁紅著眼眶、摀著嘴，和阿智兩手交握，嘴巴扁扁的，好像快要哭出來的樣子。

阿智看著婉菁的眼睛，深情款款地唱著：

你問我愛你有多深　我愛你有幾分
我的情也真　我的愛也真
月亮代表我的心
你問我愛你有多深　我愛你有幾分
我的情不移　我的愛不變
月亮代表我的心

間奏的時候，阿智從口袋裡像變魔術一樣拿出鑽戒，然後左腳一個箭步往前，單膝跪地，跟婉菁說：「嫁給我吧！」

婉菁努力克制已久的眼淚終於潰堤，她一邊流淚，一邊猛點頭，然後用力緊緊抱著阿智，好像要把阿智擠進自己的身體裡面。

阿智繼續唱著：

輕輕的一個吻　已經打動我的心

阿智輕輕把婉菁推開幾公分，在她臉上吻了一下。

深深的一段情　教我思念到如今

你問我愛你有多深　我愛你有幾分

你去想一想　你去看一看

月亮代表我的心

一曲終了，旁邊隨侍的服務生爆起如雷的掌聲，我彎著腰、低著頭，慢慢後退步出包廂，把舞台留給他們兩個人。

我走回車上，直接開著Civic回家。

我表現得很好，演奏無懈可擊，沒一個音出差錯。更重要的是，和阿智的配合也很好，雖然只透過電話練了一次，不過我們的默契不錯。整體來說，我給自己打了九十五分，畢竟人總得替自己留個幾分，不然以後要怎麼進步？

我不是神仙，不過看得出來婉菁會答應阿智的求婚，他們的婚期會訂在什麼時候？我會收到紅色炸彈嗎？想到這，我不禁笑自己傻，這種事情是不可能發生的，而且就算我收到了，我會去參加嗎？我想不會。

我繼續胡思亂想。他們會生幾個孩子？將來要與父母住還是搬出去？婆媳之間會不會有問題？阿智婚後會不會待婉菁像現在一樣好？他們會快樂嗎？這些問題我都沒有答案，我只負責演奏而已，其他統統都不關我的事。

我快遞的只是情歌，不是幸福。

二

我有一個個人網站，是Andy幫我架的。

網站很陽春，沒有太多炫目的Flash動畫或是選單，上面只簡單說明了我所能提供的快遞服務、收費方式、試聽的音樂檔案，以及我的E-mail和ＭＳＮ帳號。

該怎麼找到我的網站呢？如果在各大搜尋引擎鍵入關鍵字「情歌快遞」，就可以找到，只不過，是在天知道的幾百頁以後。

我不知道該怎麼把網站的搜尋次序往前提升，可能要付一點錢還是什麼的，不過算了，我並不需要爭取更多的快遞任務。我的錢雖然不多，但夠用了。

星期天的傍晚，雨拖拖拉拉地已經下了一整天。雨水滴滴答答打在遮雨棚上，成了一種催眠的背景音樂。我喜歡在這種雨聲中創作，不知為什麼，我在這個時候的創作欲望最強。這首歌是關於一對戀人，打算逃亡的戀人，至於他們急乎乎要逃離的是什麼，我還沒想到。

吉他隨意撥了幾個和弦，隨口哼個幾句。我搖搖頭。不行！匠氣太濃，中流行歌曲的毒太深。我時常會懷疑，無論是pub表演或是情歌快遞，都是演奏別人的東西，大部分是流行音樂，我自己的音樂會不會就這樣被淹沒了呢？

叮咚！電腦發出短促的警示音，打斷了我的思緒，這表示有人傳MSN簡訊給我。我最討厭在創作的時候有人打擾，不過看來是有生意上門。我不耐煩地放下吉他，坐到書桌前面。

傷痕無數：hi。在嗎？

情歌快遞：嗯。

傷痕無數：阿智告訴我這個MSN帳號，我需要你的幫忙。

阿智？我愣了大概有半秒鐘，接著我想起誰是阿智，想起「山小海大」，也想起了婉菁的大眼睛。差不多半年前的事了，我記得那個時候夏天的腳步剛剛要走，現在的天氣則是一點一滴開始變熱，綿綿細雨沒完沒了的下個不停。

情歌快遞：我的暱稱就是我的工作。

傷痕無數：嗯，我想請你演奏情歌給我女朋友。

情歌快遞：名字？

我感覺到他猶豫了一下，不過也許只是我的錯覺。

傷痕無數：就叫我傷痕無數吧！

情歌快遞：我是問她，不是問你。

傷痕無數：她叫什麼很重要嗎？

情歌快遞：對我而言是的。

傷痕無數：我不認為，我不想說。這應該不影響你表演吧？我怎麼知道你是不是詐騙集團？

情歌快遞：我要的只是名字和照片，另外聽你簡單說一下和她之間的故事，就這樣。

傷痕無數：如果我堅持不告訴你呢？

情歌快遞：每個人都有自己的堅持，你堅持不說，我也可以堅持不接這個案子，你找別人吧！

也許是因為天氣的關係，也許是因為他打斷了我創作的靈感，所以我對他特別不友善。不過我又何必為了他破壞自己訂下的規矩？我需要名字，也需要照片，不只這樣，我還想要聽故事。這樣我才知道該用什麼情緒去表演，沒有情緒的表演是沒有靈魂的。不能了解這一點的人，我不想為他演奏。

過了快一分鐘沒有回應，我想他應該放棄了，正想回去彈吉他的時後，訊息又傳了過來。

傷痕無數：我怎麼知道你是不是壞人？
情歌快遞：你可以選擇要不要冒險。
傷痕無數：讓我想一想。

我選擇保持沉默，因為我知道他會繼續說下去。

傷痕無數：好吧！如果你堅持要知道的話，她叫王馨儀。

聽得出來他不高興，但除了不高興，他的話裡還有點什麼，讓我覺得不太對勁。只是，我當時不知道那種不對勁的感覺打哪來。

他告訴我，王馨儀是他的女友，兩個人曾經是五專同學，交往三年多，下個星期六是她的生日，他想要請現場演奏來幫她過生日，給她一個驚喜。

很平凡的故事，平凡得讓人有點呵欠連連，好在隔著電腦，我可以盡情打呵欠卻不用擔心不禮貌。不過話又說回來，大部分委託人的故事都很平凡，我早就學會不要期待聽到一個高潮迭起的故事。

我強迫自己投入在他的故事裡頭，試著摸索出一點對王馨儀的概念和感覺。但是，很難！也許是我和他有一個不能算愉快的開頭，也許他的表達能力天生比較差，他的描述缺乏細節，缺乏內心的感受。更重要的是，我感覺不到他對這個生日派對的熱情。甚至，非常荒謬的，我感覺到一股刻意隱藏的恨意。

這麼討厭我嗎？我開始後悔接下這個案子。

照片中的王馨儀有一頭及肩的黑色長髮，漂亮的眼睛肯定是她自己的，不過淡藍的眼珠應該是隱形眼鏡的功勞。眼睛下面有點若有似無的黑眼圈，被化妝品遮得幾乎可以算天衣無縫。鼻子小而秀美，照片放大來看有點淡淡的雀斑。年紀看起來比「傷痕無數」告訴我的要年輕些，猛一看像是個學生，不過我就是有個感覺，她的學生氣質是「妝」出來的，真把她當作一個清純的女學生那可就上當了。

大部分的人都會同意她是個美人，不過會不會因此喜歡她？我看就未必了。

我問他要演奏什麼歌？要純演奏還是吉他彈唱？他告訴我我高興就好。

傷痕無數：這樣你滿意了吧？

情歌快遞：恐怕還沒有。

傷痕無數：故事、照片都有了，你還想怎麼樣？

情歌快遞：你沒問我收費方式。

傷痕無數：我忘了。說吧！

情歌快遞：一次三千，信用卡、劃撥、ＡＴＭ轉帳或面交皆可，外縣市交通費另計。

在這一刻我有點期待，期待他會嫌貴然後取消這次的委託。通常碰到三心二意的委託人我會很火，誰喜歡把到嘴的錢再吐出來呢？不過這次我一點也不介意。

我的期待落了空，他乾脆地一口答應，問了我的劃撥帳號，再交代了時間、地點的細節後，就匆匆下線了。

三

和「傷痕無數」談完之後，我的創作欲望已經跟窗外的雨一樣，消失得無影無蹤。我索性決定出門去游泳，轉換一下心情，看看對我有沒有幫助。

隨手抓了泳褲、泳帽和毛巾，我開車到南港運動中心。運動中心Ｂ１是　個長度二十五米的游泳池，泳池旁邊按摩噴頭、熱水池、冷水池、蒸氣室和烤箱，各式各樣ＳＰＡ的花樣一應俱全。在這裡游一次全票一百元，你愛游到脫皮也沒人管，收費實在不算貴。剛剛接下的委託足足可以讓我游一整個月。

我下水游了三百公尺，一百五十公尺蛙式、一百五十公尺自由式，然後上岸進到蒸氣室裡，打算把自己搞得滿身大汗，順便休息一下。

蒸氣室裡有個胖子不斷地在抖動他的身體，渾身的肉好像快要溢出來一樣，我閉上眼睛不去看他，也努力把胖子將油甩到身上的幻想趕出腦海，開始琢磨這次透著詭異的委託。

哪裡詭異？我試著釐清自己的感覺。

不是暱稱！「傷痕無數」這個暱稱雖然怪了點，不過網路上什麼怪人沒有？Andy常常泡在網路上，他就曾經遇過個暱稱「鬍鬚比腿毛長」的傢伙，在網聚的時候Andy才跌破眼鏡地發現，原來這傢伙是個才上國中的小女生。但不管怎麼說，「傷痕無數」這個暱稱，的確是和快快樂樂替女友慶生的情境非常不協調。

也不是因為他對演奏什麼完全沒意見，畢竟有些人要的只是慶生的「儀式」，找個人來演奏，就交代得過去了，至於演奏的是什麼或是演奏得好不好，完全不在意也完全聽不出來。這種人我不敢說很多，不過依我看，絕對比你想的要多。

那麼，是王馨儀的照片？照片給我的感覺，完全嵌不進去「傷痕無數」告訴我的故事。故事太平凡，但我感覺王馨儀沒那麼平凡。當然，我又不是看面相的，瀟湘居士可能有資格質疑照片不太對頭，不過我？算了吧！

我想，也可能是他說故事的方式和語氣，讓我感受不到一絲絲的熱情和生命力。尋常人可能有個平凡的故事，但總是用不平凡的態度去面對自己的生命。缺乏細節、缺乏感情，「傷痕無數」的故事平板得不像是自己的，而像是別人的故事。

沒錯，聽起來很假！

悶熱得耐不住了，我睜開眼睛，甩肉的胖子不知道什麼時候已經離開蒸氣室。我環顧四周，地板和天花板都是凝結的水珠，看起來不像有油。摸摸身上，也只有我自己的汗，沒有油。

出了蒸氣室，我把身上的汗水沖掉，然後再跳下泳池游了兩百公尺，這次全部都是蛙式。接著我就離開泳池換下泳褲，到附近找東西吃。

我知道剛游完泳就吃東西會胖，不過管他的，我游泳是為了健康，不是為了減肥。

這是一家生機飲食店，名字叫作「美依」，招牌上寫著：「美依，健康妳的每一天」。裡面賣的就是各式各樣號稱可以改善健康的東西，例如各式各樣的蔬菜、各式各樣的蔬菜打成汁，還有各式各樣蔬菜萃取出來的營養素。

一年多前一個吃完麻辣鍋的夜晚，我的右腳踝突然腫痛不堪，剛開始我很確定我是扭到腳踝，只差沒搞清楚到底是什麼時候扭到的。我打籃球受過傷，所以腳踝有習慣性扭傷的毛病。通常我是休息、休息就好，不過這次我忍到隔天早上，終於還是痛到撐不住跑去看醫生。

醫生宣布我這是痛風，文明病，跟體質有很大關係，每個人都有機會中獎，公平得很。然後醫生漫不經心地跟我說了一堆諸如多喝水、多運動、注意飲食的老生常談，開給我一些藥，接著就趕我回家了。

我的人生沒有因為痛風就變成黑白的，反正只要感覺到快要發作，我就吃藥把症狀壓下，這一年多來我就只再發作過一次。

不過我開始游泳，時不時的啃些蔬菜說服自己有在注意飲食。

這是我第一次光顧「美依」，盯著菜單瞧了老半天，我還是搞不太懂這些東西是什麼名堂。精力湯和養生湯差在哪？塑身蔬果汁和窈窕蔬果汁又有什麼不同？我胡亂點了一盤沙拉、一碗五穀米和一杯精力湯。幫我點餐的是個年輕女孩，個頭不高，有一點點豐腴，不過倒還稱不上胖，穿著牛仔褲和黃色的Polo衫，胸口繡了JS兩個大寫英文字，她甜美的笑容讓我不自覺的挺胸縮腹，裝出平常就很注重養生的樣子。

我問她多少錢，她告訴我一百八十元，然後我就付錢，沒有試圖殺價。

這一堆蔬菜、蔬菜汁和蔬菜萃取物比我游泳兼享受蒸氣還貴，我實在想不出是什麼道理。我不自覺的又想到了「傷痕無數」，我買東西吃會問價格，怎麼有人買「情歌快遞」這種聽起來就可能很貴的服務，卻會忘記問價格呢？

出門的時候我沒帶手機，因為，誰有辦法邊游泳邊接電話？回家後我發現手機螢幕上顯示著Andy的未接來電。

我朋友不多，Andy算得上是一個。他長得跟我差不多高，比一八〇多一點點，一頭長髮也跟我很像，不過打理得服服帖帖，比我的要有型多了。

他很聰明，或許是有點太聰明了，對什麼事情都有一套自己的看法，而且從不害羞發表。在公眾場合高談闊論是他的興趣，或者你也可以說是怪癖，因為引起側目當然是免不了的。他的女朋友美雯總喜歡在他得意忘形的時候戳他一下，提醒他不要太張牙舞爪、惡行惡狀，而他總是溫柔地摟一下美雯，然後繼續他的高談闊論。

他的興趣很廣泛，特別喜歡讀偵探推理小說，這點恰恰好跟我一樣，不過每次我們玩「猜猜誰是兇手？」的遊戲，猜對的總是他。

現在Andy是台大法律的博士生，不過這個大多數人認為光宗耀祖的身分，對他來說根本不值得一提。認識他倒不是因為我也是個高材生，而是Andy曾是我的委託人，而且還是我的第一個委託人。

那是五年前的事了。那時候我比較年輕，不光是我的年齡或是外表，還包括我的心態。我比現在天真，也比現在有活力得多。那時候游泳根本還沒開始，吃的普林比蔬菜多。而且仔細想想，好像也比現在快樂得多。

晚上八點到十點我在一間叫「香檳」的pub演奏，不過我總是提早到，灌點什麼酒精。十點下工也不急著走，磨磨蹭蹭的搞到半夜才離開。小董那時候還是學生，也在「香檳」裡面打工端盤子。Andy是那兒的常客，我演奏的時候常常可以看到Andy，旁邊還跟著一個女孩子，柔順的中長髮紮著馬尾，長得一副秀外慧中的樣子。看得出來她本身並不喜歡泡夜店，Andy是她出現在「香檳」的唯一理由。後來我才知道，她就是美雯。有一天，Andy自己一個人來到「香檳」，下工後跑到舞台邊找我，說他很欣賞我的演奏，要我在美雯生日的時候幫他一個忙，他可以買我的鐘點費。

我不知道該不該接受，雖然那時候我很缺錢。但小堇勸我接受這個機會，磨練、磨練順便賺點外快，有什麼不好？

小堇總是比我知道該怎麼辦。

就這樣，我的第一次情歌快遞非常成功。我沒有演奏老掉牙的〈生日快樂〉，不管你想的是哪個版本，我反而演奏了一首〈甜蜜蜜〉。節奏加強一點，再把尾巴改一下，溫馨甜蜜又帶點含蓄的慶祝味道，意外地適合慶生的氣氛，這也是小堇的主意。

Andy非常滿意，爽快地付了我三千元，甚至有過那麼一段時間，他扮演起我「經紀人」的角色，到處宣揚我的服務，介紹委託人給我，只差在沒抽佣金。

後來，他乾脆幫我架了個網站，情歌快遞的服務就正式開業了。

回到家，我打開電視，把聲音關掉，用遙控器漫無目的地轉台，同時回電話給Andy。

上一次和Andy見面已經是幾個月前了，這陣子他好像忙著準備他的論文。Andy的聲音在電話裡聽起來有點累，我問他是不是睡了？他說還沒有。

「怎麼會想到打電話給老朋友？」我說。

「因為我不打給他，他永遠不會打給我。」

「你不是在忙論文嗎？我可不敢吵你。」

「阿駒，你是這樣關心朋友的啊？我上禮拜五已經口試完啦！」

我問他口試順不順利，他告訴我不順利才有鬼。「那些教授太好唬了。」他說。

我們又談了一會兒他的口試，他講了幾個口試委員的笑話，我也配合地笑了一下。他感覺出來我心裡有事，有點悶悶的，不過他也沒好到哪兒去，我的態度也讓他有點意興闌珊。

「你最近好嗎？」他問。

「還不是老樣子，演奏、游泳、寫歌。」我回答得漫不經心。

電視上的政論節目有個名嘴正講得口沫橫飛，嘴巴一開一合好像金魚一樣，雙手激動地在空氣中揮舞，脖子上青筋爆出。我慶幸沒把聲音打開。

「你好像有點沒精神？」

於是，我告訴他我接了一個委託，只是委託人讓我覺得很詭異。

「詭異？哪裡詭異？」他也提起了一點興趣。

「我也說不上來。」我試圖把我的胡思亂想整理一下告訴Andy，不過電視上那隻金魚一直干擾我，我沒辦法講得清楚。不過也許根本不是金魚的錯，我有的只是一些莫名其妙的感覺，腦子裡根本就是一團糨糊。

其實我時常和Andy聊我的快遞任務，畢竟我也沒什麼其他話題可以跟朋友抬槓，更何況Andy是情歌快遞的天字第一號委託人，他總是扮演一個好聽眾。不過今天，我真有點不知從何說起。

我感到狼狽，有點後悔自己提起這個委託。「美雯最近好嗎？」我生硬地轉了個話題。

「我不知道。」

「你不知道？」

「阿駒，我和美雯上個月分手了。」

我驚訝極了！Andy和美雯已經交往了好多年，怎麼突然就分手了？我問Andy到底怎麼回事。

「沒有第三者。但日子久了，人總是會變。」Andy說。

我和Andy又聊了幾分鐘，互相要求和答應對方要保重，並約定要找個時間好好聚一聚。

上床前，我又想到了Andy的話：日子久了，人總是會變。

我想我懂他的意思。我和小堇不也是這樣？我們兩個人都在改變，時候到了，不管以前在一起的時候有多開心，還是得分開。

四

接下來的一個禮拜過得很快，星期一晚上我去了台北一〇一的九十一樓戶外觀景台一趟，在那麼高的地方演奏我倒是頭一回。星期二我在家休息，順便把剛寫好的曲填上詞，這對戀人要逃離的東西我還是很模糊，不過歌名我想好了，就叫〈逃亡天使〉。這只是第一版，依我看還得大刀闊斧地修改一番。星期三、星期四我和牛仔一樣很忙，馬不停蹄的在淡水、陽明山和石門水庫奔波演奏。然後星期五，起床後我拒絕了一個指定薩克斯風演奏〈霍元甲〉的委託，反正你永遠也弄不清楚他們究竟是在開玩笑，還是真的對音樂有獨特的品味。接著吃完午餐後，我去銀行刷本子。

「傷痕無數」還真的把錢匯進我的戶頭了。

過去這幾天一有空我就連上ＭＳＮ，試著聯絡「傷痕無數」。一些演奏的細節有待確認，當然，更重要的是，我很想再次確認到底他還需不需要我的服務。不過運氣不好，沒碰上他。我曾有過一次經驗，委託人和我講好之後就不見人影，和「傷痕無數」一樣，等到約定的時刻我出現，給了他女友一個大大的surprise，而委託人呢，看起來比他女友還驚訝。沒有錯，他壓根兒忘了這回事。

但沒關係，拿了錢就得幹活。

我查了一下筆記本，約定的地點在大直一家汽車旅館，叫「巴黎戀人」。他告訴我，星期六晚上他們會先和一票朋友去唱歌，然後再到「巴黎戀人」事先訂好的房間二一〇裡面狂歡。我的工作就是在十點以前抵達「巴黎戀人」，他會把房間磁卡留在櫃檯。

我自己進去，找點樂子打發、打發時間，他們大約十點半左右回到「巴黎戀人」，最晚不超過十一點半。然後王馨儀會是第一個開門進去的人，我和我的薩克斯風就要在這個時候給她一個大大的驚喜。

我還是很猶豫，但事實上實在沒什麼好猶豫的，我要的東西都有了，錢也已經進我的口袋，他的錢和別人的錢一樣好用，我有什麼道理不接這個委託？

星期六在家吃完晚餐後，我算準時間開車前往「巴黎戀人」。我家住在南港，過了成功橋之後就算是內湖了。我沿著堤頂大道往大直方向開，在離「巴黎戀人」五十公尺的路邊，找了個停車位把車停好。

我報了房號二一〇，櫃檯小姐什麼也沒問就把房間磁卡給了我，她甚至沒有抬頭多看我一眼。

房裡冷氣很強，我打了個寒顫。

這是個大房間，應該就是大家所說的「宴會套房」一類的東西，放眼望去大概有五十幾坪。進門先是個像客廳的地方，兩組皮沙發、一張茶几、一台按摩椅，還有一堆雜七雜八負起裝飾功能的盆栽、藝術品。正對著沙發和茶几的是一台四十七吋的液晶電視，電視機的旁邊有塊小空地，地板被墊高了十幾公分，該是個舞台。幾盞燈投射在舞台上，還有舞廳裡可以看到的那種旋轉燈被安在舞台邊地板上。另外，有一支鋼管從舞台正中央長出來。

「傷痕無數」沒講得很清楚，究竟我該門一開就開始演奏，還是先躲在哪，晚一點再開始演奏？事實上他的話聽起來比較像是要我躲在門後，門一開就用我的音樂嚇王馨儀一大跳。

但那時候他還有其他朋友都在門外，他們將看不到她驚喜的樣子，這是他們要的嗎？

還有，他說她會是第一個開門進來的人，但萬一他的安排出了點小意外，其他人先進來了呢？

更糟的是，先進來的王馨儀可能以為有什麼壞人躲在門後，單獨走在前面的她一被嚇到馬上開始攻擊我，搞得我或她受傷。也可能她會嚇得奪門而出，和等在後面進門的朋友撞個滿懷。也可能……

萬一有人因為這個騷動受傷，那可就樂極生悲了。

我試著找個地方讓我藏身，不用藏得很好，但也不能被一眼看穿，必須爭取十幾秒的時間，等到他們所有人都進門我再現身開始演奏。

很困難！鋼管沒有粗到足以擋住我。

液晶電視是可以三六〇度旋轉的那一種，我穿過長條形的吧台，繞到電視的背後，那邊是一個更大的空間，一張華麗的大床在我眼前。

躲在這裡怎麼樣？床底下？如果我帶著我的薩克斯風鑽到床下，大概很難身手矯健地鑽出來。我開始想像王馨儀他們回來的時候，一個可疑人物吃力狼狽地從床底下爬出來，還來不及端起薩克斯風，就被打趴回地上了。

衣櫃呢？床邊擺了兩個衣櫃，很大也很空，要把自己塞進去老實說不成問題，不過從衣櫃跳出來演奏？這跟從生日蛋糕跳出來唱生日快樂歌有異曲同工的效果，不過我得是個穿比基尼的美女才行得通。

我想，我要給王馨儀的是驚喜，不是驚駭！差一個字就差很多了。

床頭後面有個門，門後頭應該是廁所、浴室之類的地方。我想了想，沒有把門打開走進去。「傷痕無數」說他們十點半左右會回來，最晚不超過十一點半，但躲在浴室我可能聽不見他們回來的腳步聲，更重要的是，我可不想在裡面跟馬桶為伍一個小時。

或許我根本想太多，他沒交代這麼清楚，我幹嘛沒事給自己找麻煩？當天幫王馨儀慶生的不見得個個她都認識，也許我反而應該在大家還沒搞清楚什麼狀況的時候，大喊一聲「生日快樂」，讓王馨儀知道我不是壞人，然後才開始演奏。

對，就是這樣！這樣就好了。

時間剛剛好十點半，進入警戒期。我回到客廳舒服地坐上沙發，打開電視，但是把聲音關掉，確定一下聽得到外面的動靜。然後我又把電視關掉，扔開遙控器把薩克斯風端起來衝到門邊，擺好演奏的姿勢，張口無聲地喊了聲「生日快樂」。

很好，我想行得通。

我又練習了幾次關電視然後拿起薩克斯風衝到門邊的動作，確定一切可以在五秒內完成。

我兩眼盯著無聲的電視畫面，不過無論眼睛看到了什麼，我的腦袋都沒接收，只是放空的隨意轉台，注意力集中在門外的動靜。一聽到腳步聲必須馬上採取行動，我可不想讓王馨儀進門後，第一個進入眼中的畫面是個陌生人看電視看得不亦樂乎。

我把畫面停在動物星球頻道，一隻海豹——或是海狗、海獅或其他不管海什麼東西——在海裡無聲地游泳。已經十一點了，門外還是沒有動靜。

海豹還是持續地游。我開始有點好奇，這麼單調的畫面，究竟配音員正在唸什麼精采絕倫的旁白，可以讓畫面停留在海豹游泳那麼久？我感覺有點尿意，不知道是冷氣太強，還是在電視裡看了一大堆水的關係。

望了眼廁所緊閉的門，我估算一下衝過去再衝回來需要花多少時間。不行！萬一有什麼動靜，可能褲子都來不及穿上。還是忍一忍，這份工作最費心力的是事前準備，最難熬的是等待，但一旦開始了，五分鐘就會結束，快得很！我想我還挺得住。

十一點半。十分鐘前我看膩了大海，轉到衛視體育台，兩個女生正在妳來我往地打網球，看無聲的網球我很難進入狀況，但老實說看有聲的網球我一樣也沒辦法進入狀況。尿意隨著時間過去越來越濃，不過還可以，我還撐得住。

十一點四十分。他們一定在KTV玩過頭了，不過難免，情歌快遞的委託人最重視的就是守時，但最不守時的也是同一批人，我曾經半夜在南寮漁港的寒風中等了快兩個小時，巡邏的海巡隊差點就要把我攆走。這次說實在還好，才一個多小時，而且有沙發坐、有電視看，不算太糟。我相信我的意志力可以戰勝尿意。

十一點四十五分。也許我的意志力可以戰勝尿意，但我的膀胱恐怕不行了。我開始認真考慮承擔某種風險，解放一下再回來。

十一點五十分。我說服自己，或說我的膀胱說服自己，上個廁所不會礙事的。就算真的發生什麼狀況，也是他活該，幹嘛不準時點？

十一點五十五分。我把電視機關掉，匆匆忙忙衝到廁所打開門，邊拉下拉鍊，邊找馬桶……

然後，我看到了這輩子都忘不掉的景象——一個赤裸裸的女人，頭破了個大洞，斜躺在按摩浴缸裡，紅紅白白的血和腦漿從她破掉的腦袋裡流得全身都是。

五

「叫什麼名字？」他一屁股坐下來，劈頭就問。

「白過駒。」

「今年幾歲？」

「三十五。」

「家住哪裡？」

「南港。」

「說說事情的經過。」

「警官，我已經說過很多次了。」

「你恐怕還得說上好幾次，建議你最好配合一點。」他說，露出不懷好意的微笑。

他長得短小精悍，留著像是軍人一樣的平頭，是第四個向我問話的人。和前面三個一樣，他沒跟我自我介紹，只是不斷地問一些問題，而且都是差不多同樣的問題，只不過換了各種方式問。第一次我很認真地回想，把每一個細節都說得很仔細。第二次我捺著性子，把第一次說過的話再重複一遍。第三次我不耐煩了。到了第四次，我只感覺到無奈，不知道什麼時候這種疲勞轟炸才會結束。

同樣的事情可以花上四個人來問，看來警力不足的傳言根本不是事實。

這間小小的偵訊室，四邊除了門以外就是牆壁。門對面有一個白板，上面空空的沒寫字，房間中央有張桌子，周圍配了五張椅子，我就坐在其中一張上面，他坐在另一張。

牆上沒有時鐘，我全身上下的東西都被沒收，包括一只精工牌的手錶，所以我不知道現在是什麼時候。前兩個問話的人看起來跟我一樣累，第三個看起來沒睡飽，現在這個看起來精神奕奕，我猜應該已經隔天早上了。

幾個小時以前，我在「巴黎戀人」二一〇目睹了這輩子都不願回想的恐怖畫面。

我先是呆住了幾秒，然後膀胱一鬆，尿開始順著脫到一半的褲子流下來。接著我開始吐，吐到內臟都幾乎沒辦法留在身體裡。我走出浴室把門關緊，緩慢地深呼吸幾口，這才開始有力氣考慮該怎麼做。

撥電話到總機，我說房間裡有具屍體，她以為我在開玩笑。

然後我直接打電話報警，他問我在哪裡，我告訴他在浴室裡。

什麼浴室？二一〇啊！不就是「巴黎戀人」二一〇的浴室嗎？

不，我不知道她是誰。

好，我不會碰任何東西。

沒問題，我哪也不會去。

掛上電話，我不敢再去多看那屍體一眼。從鏡子裡我瞥見個陌生人，一臉的驚恐好像見了鬼，全身髒兮兮的沾滿嘔吐物，還有脫到一半的褲子濕了一大片。

然後我才意識到，那正是我自己。

由遠而近的警笛聲把我喚回現實，一群人衝進了房間，看了浴室一眼、罵了幾句髒話，就把我架開強押上車。接著，我就坐在這裡了。

「所以，你不知道死者是誰？」他說，還是那個該死的微笑。

「應該吧！」

「應該？」他挑了挑眉。

「警官，我這輩子第一次看到屍體，而且還是這樣湯湯水水、一塌糊塗的屍體，我根本不敢看第二眼，就算死的是你媽我都看不出來！」睡眠不足加上煩躁，我的火氣終於上來了。

「那王馨儀這個名字你有沒有印象？」他平靜地說。

雖然他是第四個問我話的人，但卻是第一個提到這名字的人。

「死的是她？」我問，但其實並不意外。

「你認識她？」

「不認識，但她是我委託人的女朋友，我會在那裡就是為了幫她慶生。」

「嗯哼，就是什麼情歌快遞的。」他說。

原來他跟前面三個傢伙談過嘛！問那麼多重複的問題，我還以為他們不認識咧。

「不過，你以為我會相信這種狗屁嗎？」他的微笑消失，雙眼翻白往上吊，滿肚子的不耐煩。

「我說的是實話。我有個網站，剛剛跟前面的警官說過了，你可以去查。」

「知道我怎麼想嗎？你這種人我見多了。你他媽的殺了她，還變態的露半條老二在外面晃啊晃，天知道是為什麼？反正瘋子殺人不太需要理由。看著她的屍體，你開始慌了，絞盡腦汁想辦法脫罪，但你早就燒壞的腦袋裡面就只想得到這種荒謬、無厘頭的辯解，」他一口氣說了一大串，「現在，你指望警察相信這些垃圾？」

「我要打電話。」我恨自己現在才發現，原來我老早就被視為嫌疑犯了。在犯罪推理小說的世界裡，我現在應該閉上嘴，什麼都不講，除非我的律師到場維護我的權益。

很好！但問題是，我根本沒有什麼律師，該打電話給誰？

小菫是我腦中浮現的第一個名字，她總是知道該怎麼辦。不過我隨即把這想法拋開，我不能讓她牽扯到這種事情裡面，更何況，我一點也不想讓她看到我這狼狽樣。

接著我想到Andy，我決定向他求助。

他迫於無奈地讓我打了電話，電話響了八聲才被接起來，電話接通的那一瞬間，我有種得救的感覺。

在監視下打完電話，我又被帶回偵訊室。四號問話人沒再進來，也許他已經問完他想要知道的事情，也許他明白我已經不肯再說什麼，也許他只是去吃早餐。

我又餓、又累，還渾身不舒服，把頭趴在桌上，慢慢睡著了。

不知道過了多久，我被人搖醒。

睜開矇矓的睡眼抬頭一看，四號問話人站在我的面前，不過這次他笑呵呵的，好像中了樂透，之前的火爆、尖酸不知道跑哪去了。我想，他剛剛的早餐一定很棒。

「我們查過了，你的確是幹情歌快遞的，他媽的好特別。」他說，帶著點不情不願。

我打定主意不理他。

「好吧！我叫江乃健，是負責這個案子的警官，先跟你道歉。」他伸出手打算跟我握，但我不為所動。

「我們會讓你回家，好好把自己弄乾淨，休息、休息什麼的，」他看我不答話也不伸手，尷尬地把手收回去插進口袋，自顧自地接下去說：「但有需要的話，我們還是會找你。」

這算哪門子的道歉？我把頭轉開表達我無聲的抗議，卻赫然發現房間裡還有另一個人。奇怪！我剛剛怎麼沒注意到？是Andy！他跟幾個月前我最後一次見到他的樣子差不多，但就是頭髮長了點、亂了點，人也瘦了點、憔悴了點。不知道是博士論文的關係，還是和美雯分手的關係。

他看著我，神情非常複雜。我從他臉上表情讀出了憐憫、同情，還有「怎麼會把自己搞成這樣？」的不解。

看著Andy，我突然有股想哭的衝動。

六

在Andy的幫忙下，我拿回了皮夾、鑰匙還有其他零零碎碎的小東西，只除了薩克斯風他們沒讓我拿回去，說是要當作證物。我看見Andy忙進忙出地幫忙辦理離開警局的手續。他自豪地表示，他可比真正的開業律師有用多了，況且，律師執照他兩年前就拿到手了。

「他們只會坑你的錢，律師跟你談話聽說是以秒計費的。」他說。

離開警局，我坐上Andy的福斯，他開車送我回家。

「我一接到你的電話，」他說，「馬上聯絡我哥。」

「你哥？」

「你忘了？我有個當警官的哥哥。」他邊開車，邊摸了摸臉頰。「不，運氣沒這麼好，我哥不負責這個案子，也不認識江警官，他又不在大直分局。不過他幫我打了幾通電話，關照了一下該關照的人。」

「所以事情才會這麼順利？」

「所以事情才會這麼順利。」他說，「不過，江警官本來就沒有權利把你拘留太久，你只是個證人，不是嫌疑犯，至少現在還不是。」

「我不信任江警官。」我跟Andy說。聽說警察辦案有兩種方式，一種是運用各種方法去調查，想辦法找到兇手。而另一種呢，是先決定誰是兇手，然後再拚命調查找證據，證明自己的猜測是對的。

「你認為江警官是屬於後者，」Andy說，「而你，就是他認定的兇手？」

「一點也沒錯。」

二十分鐘後，我們進了家門。門看起來還是同一個，打開門，電腦還在、音響還在、吉他還在，桌子、椅子也都在它們該出現的地方，甚至前一天晚餐的髒碗盤也還躺在水槽沒洗，家裡和我離開前看起來沒什麼兩樣，但我卻感覺恍如隔世。

Andy說我臭死了，硬是把我推進浴室洗澡。我在浴室裡把蓮蓬頭的水開到最大，用毛巾在身上死命地摩擦，然後我關掉水，擦乾身體換上乾淨的衣服。

除了還有些疲倦，我覺得好像又活過來了。

我煮了兩碗泡麵，一碗給Andy、一碗給自己，和他坐下來打開電視邊吃邊聊。我們聊到最近的股市崩盤，聊到演藝圈的八卦內幕，也聊到某個政治人物的收賄醜聞。

吃完麵，我把桌面收拾乾淨，鍋碗洗一洗。然後Andy起身關掉電視，眼睛定定地看著我。

「阿駒，你到底什麼時候才要跟我說說到底發生了什麼事？」

不是不想說，是不知從何說起。上星期天我本來差點要跟Andy說，但後來又硬生生地縮了回去。如果那時候我說了，事情的後續發展會有什麼不同嗎？我想不會。那我又為什麼一定要說？

想是這樣想，但我還是打起精神，準備把事情經過話說從頭。反正我今天已經練習了四次，第五次我有把握可以說得更好。

從上星期天的委託開始，我一直說到在「巴黎戀人」二二〇那具一塌糊塗、躺在浴缸裡的屍體。Andy偶爾打斷我，問幾個問題。故事說完了，他陷在沙發裡，手掌來回摩擦著自己的臉頰，這是他思考時的習慣動作。

「情形我大概明白了，難怪你會被江警官視為嫌疑犯。」他說，「不過，我們現在所知還太少。第一，我們不知道死者到底是誰。」

「不就是王馨儀嗎？」

「你只看到是個女人，誰能確定她就是你照片中的王馨儀？」

「那倒是。」

「況且，就算她是王馨儀，那王馨儀又是誰？」

「我懂了。」她是個比我還倒楣的倒楣鬼，我心想。

「再來，為什麼『傷痕無數』要把你約到『巴黎戀人』去？」

「也許……他想嫁禍給我？」

「為什麼？跟你有仇嗎？也許這是一個方向。」他的手又摸了摸臉頰。「你有這麼個仇人，有可能殺人嫁禍給你？」

我實在想不出來，我這種與世無爭的生活到底能跟誰結仇？真要連殺人都幹得出來，幹嘛不直接殺了我比較乾脆？我又不難殺。

我和Andy又胡亂討論了一陣，發現整件事情實在讓人費解，而我們手上的資訊實在太少，光空談沒多大進展。

「你還是早點休息吧！」Andy起身告辭。

「今天謝謝你。」我送他到門口，看著他誠摯地說。

「老朋友了，客氣就免了吧！」他好像有點不好意思。

Andy走了之後，我就上床休息。雖然離天黑還早，但我幾乎一整個晚上沒睡，理論上應該馬上睡死，可是我雖然累得要命，但卻翻來覆去睡不著。

死者到底是誰？這個答案我有預感很快就會揭曉了，江警官不會那麼容易放過我。今早我跟他保證之前從來沒見過、聽過王馨儀，直到接受這個委託，但現在我不能那麼肯定了。在這個世界活了三十五年，我不可能每一張見過的臉孔都記得。會不會王馨儀是我的老鄰居、老同學，諸如此類的？幾十年沒見面，我早就忘記她了。也或許，她曾是我情歌快遞的委託人？我幹這行五年了，忘掉一些委託人也不奇怪。更可能我在夜店見過她，搞不好還有一段露水姻緣，只是隔天起床就忘了。這很平常，反正我以前從夜店出來每次都是醉醺醺的，記得什麼、不記得什麼，現在統統變成過去，又有誰在乎？

如果我真的見過她，那她又為什麼被殺？跟我有關嗎？因為我被設計去發現屍體，先假設和我有關好了，那我和王馨儀見過面這件事，雖然我忘得乾乾淨淨，但肯定有人記得，而且這個人一定和兇手有某種關係。等一下，會不會設計我的人，根本就不是兇手？我之前一直理所當然的這麼假設，但萬一兇手另有其人呢？

假設「傷痕無數」不是兇手，那他的目的又是什麼？陷害我來保護兇手？還是其實他是希望我來阻止兇案，或者是找出兇手？這聽起來又更離奇了。

又或者，「傷痕無數」根本就是死者？任何人都可能叫作「傷痕無數」。我唯一能知道的，就是「傷痕無數」告訴我他有個女朋友叫王馨儀。先假設他說的是實話，我沒聽過他的聲音，也沒看過他的照片，就算看了也可能是假的，我怎麼能肯定他不是她？誰規定她不能有個女朋友？

假設、假設，全部都是假設！除了假設，我一無所有。

腦中一個接一個的念頭此起彼落，我根本睡不著。索性翻身下床，拎了我的泳帽、泳褲和毛巾，開車去南港運動中心游泳。

連續游了三百公尺的蛙式、兩百公尺的自由式，接著把氣喘吁吁的自己關在蒸氣室裡。這次胖子不在裡面甩肉，我也終於把自己搞到累得沒辦法再思考。

我的腳把我帶向「美依」，但其實我一點也不想吃東西，不知道自己幹嘛要來。點餐的不是上次那個女孩，我點了杯精力湯，喝完後就回家。

回到家我馬上癱在床上。這是今天第二次上床睡覺，不過和前一次不同，我馬上就睡著了。

七

我又回到「巴黎戀人」，回到了那間浴室，她還躺在浴缸裡。我忍住噁心，伸手把她的臉扳過來，逼自己看清楚她的臉。沒錯，就是相片中的王馨儀。我問她認不認識我？她笑而不答，卻伸出手指著我，指頭上的血還叮叮咚咚地往下滴。我嚇得後退了一步，撞到個人，回頭一看，是江警官。他掏出手銬打算把我銬上，我辯解我沒有殺人，他說：連死者都指認你了，還想抵賴？我推開他拚命往外衝，跑出浴室卻又衝進另一間浴室，王馨儀還是躺在浴缸裡對我笑，我猛然想起這個笑容正是我在相片中見過的笑容。我隨手抓起薩克斯風，往王馨儀頭上砸過去，連看都不敢看打中了沒，就再往另一個門跑去。地板上有什麼東西把我絆住，我跌倒在地上，赫然發現自己正壓在王馨儀血淋淋、黏答答的身體上。

醒來的時候我花了點時間，才弄清楚我現在躺在南港家裡的床上，不是「巴黎戀人」的浴室地板；身上黏答答的也不是血，而是自己的冷汗。

早晨的陽光透過窗戶照進來，我雖醒了卻還賴在床上，好像還想回到那個夢境，問清楚到底王馨儀認不認識我？是誰殺了她？

當然回不去了！就算回去我也問不出答案。醒著時不知道的事情，做夢的時候怎麼可能就會知道？想通了這點，我掙扎地爬起床。

我到樓下的便利商店買了份中國時報，回家給自己煮了咖啡配報紙當早餐。報紙上有個十四歲的女孩在網路聊天室認識了綽號阿華的男友，卻因此被引誘陷入了毒癮；錢不夠，阿華開始幫忙拉皮條，湊錢買毒品解饞，警察逮住她的時候，她正拿著針筒往自己手臂戳，房間裡到處都是毒品。

另外還有個已婚婦女，透過網路遊戲認識了一個小她兩歲的科技宅男。兩人刺激的婚外情遊戲很快變了調，科技宅男開始騷擾已婚婦女的家庭，一天狂叩兩百多通電話；婦女為了維繫自己的婚姻，想要結束這段關係，與科技宅男約在汽車旅館談判。警察接獲報案趕到現場時，科技宅男正拿著湯匙把她的第二顆眼珠子挖出來。

然後，我終於看到那篇報導，意識到其實這是我一直在找的。報導很短，一不小心你就會錯過它。

昨天凌晨警方接獲報案，台北市大直某知名汽車旅館浴室內發現無名女屍，經查證後死者是現年二十二歲的王馨儀。承辦警官表示，死者全身赤裸，躺在浴室的按摩浴缸內，警方目前不排除他殺的可能性，已鎖定特定人士進行調查。

好吧！至少我們現在確定死者的確是王馨儀，不是又從哪冒出來的另一個名字。不排除他殺的可能性？還真是個重大的突破！我倒想看看要怎麼排除。有人會自己把自己的頭砸破，搞得腦漿流得到處都是嗎？已鎖定特定人士進行調查？我乾脆打電話到報社，說我就是特定人士好了。

我憤憤地把報紙扔開，心裡卻拋不開對整件事情的痛恨和不平。為什麼偏偏是我？兇手如果一定要殺人的話，幹嘛不把屍體留在那裡，讓負責打掃的歐巴桑來發現？她們領薪水不就是該幹這些事嗎？清掃保險套、嘔吐物還有注射毒品的針筒，發現滾在地上的眼珠子和躺在浴缸裡的屍體。

然後我聽見手機鈴聲，是Andy。

「我在想，」他說，「你可能需要老朋友的陪伴。」

打開門讓Andy進來之前，我剛喝下今天早上的第三杯咖啡。我煮了一大壺，很高興有人可以一起分享，不用統統幹光，或是統統倒掉。我幫他倒了一杯。

「看了報紙嗎？」他問。

「看了。」

「沒寫太多東西，看來媒體對這件謀殺案沒太大興趣。」

「希望如此。」

「放心吧！媒體都是三分鐘熱度，你認為這個案子的後續報導還會出現在報紙上嗎？根本不會！要不是死者是個年輕女孩，死時光溜溜的沒穿衣服，而且是死在汽車旅館裡，滿足了社會大眾某種窺淫的欲望，這個案子根本連今天都不會上報，頂多就是在網路新聞跑馬燈上亮亮相。」

「或許。反正對我來說沒差。」

「對江警官來說有差。少了媒體的關注，江警官就好像少了一雙眼睛盯在背後要求他盡快破案，」他笑笑地說，「他還真走運。不過對你來說也是好事，你的生活應該不會有太多干擾，可以照樣寫歌、游泳，當你的快遞員，忘掉這個案子，交給警察處理。」

「我沒辦法……」

「沒辦法？」

「聽起來可能很瘋狂，但我想靠自己的力量，找出誰是兇手。」

Andy看起來沒有我預期的驚訝，不過他還是問我為什麼。

「我很擔心，昨天到今天一直在想，為什麼會是我發現屍體？一定有某種理由。我不記得認識王馨儀，但要是我應該認識，卻忘了呢？如果我真的曾經認識她，並且還有個很好的理由因為這個原因被人陷害，」我說，「我希望我比警察早一步知道這理由。」

「找出兇手，」他說，「是警察的工作。你只是個小老百姓，無端端被牽扯到殺人事件已經夠倒楣了，你還要讓自己越陷越深？不如把這件事情忘了，好好過你的生活，找出兇手這種事讓專業的警察來處理就行了。」

「我知道，但我說過我不信任江警官。說不定他根本不會好好查案，只是忙著到處羅織證據來陷我入罪。」我說，「與其這樣，不如讓我自己也加入調查，有你的幫忙，我相信再怎麼樣也會有點成果出來。」

「有成果又怎麼樣？」

「最起碼，」我說，「我可以保護自己。」

我不是個大偵探，但是事情臨到頭上，我總得做些什麼。對Andy我就比較抱歉了，這件事基本上和他沒有關係，但如果沒有他的幫忙，我想我根本查不出什麼東西，我甚至還沒有問過他願不願意幫忙。

「那你呢？願意幫我嗎？會不會耽誤到你別的要緊事？」我小心翼翼地問。

「你是我的好朋友，我絕對相信你沒有殺人，但是這件事……」他有點欲言又止。

「沒關係，我了解的。」我趕緊說。本來就是我自己的異想天開，憑什麼期待別人會和我一起發瘋？

「論文剛口試完，」他說，帶著一抹憋住的詭異微笑，「你說，我還有什麼比幫助朋友更重要的事好做？」

居然還有心情耍我？真夠朋友！

我再幫Andy和自己倒了一杯咖啡。他裝得若無其事，不過憑我們的老交情，我可以感覺得出他刻意壓抑的興奮之情。

客串偵探，對他來說這可是千載難逢的消遣。

「大概情形我昨天聽你說了，當故事聽是夠了，但如果從找出真相的角度，還需要釐清一些細節。讓我們從頭開始看吧！為什麼你覺得這是個『詭異』的委託？」他喝了口咖啡，放下杯子。

「說不上來，我覺得這跟我平常接的委託不太一樣。」

「哪裡不一樣？」

我告訴他，「傷痕無數」的描述讓人覺得很沒有真實感，很假。

「哪個部分假？」他不死心地追問，但我真的說不上來。

「好吧！除了感覺之外，這段MSN對話給你什麼線索？」他再問，而我又再度啞口無言。

「這樣吧！你直接讓我看你電腦裡的紀錄，怎麼樣？」他提議。

我們離開茶几，移動到筆記型電腦旁。我讓他來操作，他好像變魔術一樣，三下兩下就把上星期天的ＭＳＮ對話紀錄給叫了出來。

Andy坐在電腦前面聚精會神地看了幾分鐘，跟我借了張紙，拿起筆來在上面塗塗寫寫，然後長嘆一聲。

「阿駒，」他說，「你知道你最大的問題是什麼嗎？」

「是什麼？」

「你太感性了，滿腦子都是感覺、感受之類軟綿綿的東西，對於用理性觀察事實，好像不太拿手。」

Andy的話我無法辯駁。從以前到現在，每次我們讀推理小說比賽猜兇手，贏的人總是他，但這可不是推理小說，我是貨真價實昨天才因為殺人事件從警局裡被放出來，在這種情形下，誰有辦法保持理性做分析？

至少我就沒辦法，不過Andy可以。

Andy清一清喉嚨，開始他的分析。

「首先，阿智和這件事有關聯，我怎麼沒聽你提過？」他的分析從一個質問開始。我壓根忘記了，我做情歌快遞已經五年，有些委託人從網路上找到我，有些是朋友，或者之前的委託人推薦，我不會一一細問，也不在乎，搞不好其實我該做個問卷調查，像是「請問你是在哪裡聽說本服務？一、朋友介紹；二、網路；三、報章雜誌；四、……」諸如此類的。但我又不是搞行銷的，也沒有擴大業務的野心，幹嘛知道這麼多？

「這很重要嗎？」我說。

「當然很重要，這提供了我們一個重要的線索。對『傷痕無數』我們本來可以說是一無所知，但現在我們知道，他認識，至少是聽說過阿智。」Andy捺著性子分析給我聽。

我懂了，而且覺得還滿糗的。

「你是只有忘了跟我說，還是也忘了跟警察說？」

「我誰都沒說過。」

「好吧！」他說，「這部分我們以後再談。」

「謝謝你的寬宏大量，大偵探。」

「從這段ＭＳＮ對話，」Andy繼續分析，沒怎麼理會我的挖苦，「其實我們所知的很有限。『傷痕無數』很小心地不透露太多線索給我們，不過，從他刻意隱藏的資訊裡面，我們還是可以得到某些啟發。第一，剛剛說過，他一定從某個地方知道阿智這個人，並且找上你。第二，他不願意透露自己的名字。第三，他和你約一週後的星期六晚上十點半到十一點半，而且連房間二一〇都已經預訂好了。」

「所以，這又給了我們什麼小故事大啟示？」

「你就不能自己動動腦嗎？」他無奈地兩手一攤，「意思是我們可以從阿智著手開始調查、意思是他心中有鬼，我敢說『傷痕無數』八成就是兇手、意思是這件事是早就預謀好的。」

某時，某地……

刺耳的門鈴突然響起來，他好像被電到一樣，從床上跳起來。

關掉電視，起身去開門，透過拴著的門鏈，他看到正在等的女孩子。她怯生生地問是不是張先生？他承認了，然後解開門鏈讓她進來。

她長得不高，大概到他胸口，留著及肩的長髮，顏色是黑色。眼睛很大、很漂亮，鼻子小小挺挺的，上面有一點雀斑，不過並不難看。穿著一件應該可以稱為線衫的衣服，底下配牛仔裙，露出一截白白的小腿。看起來就像個大學生，但長相有點像某位女明星，但卻又沒有像到讓他想起來那個女明星的名字。

女孩子說她叫Angel，今年二十歲，現在在學校唸書。「我是學舞蹈的。」

他告訴她那好像很有趣，她聳聳肩，露出了一個不置可否的笑容。

他問外面天氣是不是很熱？她說她坐計程車來的，車裡冷氣很強。

他又問房間裡會不會太冷？需不需要把冷氣溫度調高一點？她告訴他這樣剛剛好。

然後他就沉默了。

自從他打了那個印在小紙條上的電話，訂下約會以後，就一直弄不清楚他當時為什麼會打電話？後來為什麼會赴約？現在為什麼還不掉頭就走？

在這個房間裡等了半小時，他等的時候有點焦躁不安，但真的等到她了，他反而想要放慢步調，讓將要發生的事情晚一點發生。

「我還可以嗎？」Angel跟他確認。

他慢慢點點頭，心裡卻猶豫不定，不是猶豫她可不可以，而是猶豫這整件事該不該繼續下去。

她看見他點頭，拿出手機打了一通電話，接通後只說聲「ＯＫ！」就掛了。到了此時此刻，他意識到事情大概已經停不下來了。

「我們先去沖個澡吧！」Angel愉快地宣布。

他顫抖著把身上的衣服脫了，Angel也把她的脫了，不過沒有顫抖。他們光著身子一起走進浴室。

看到他結實的身材，Angel眼睛一瞬間稍微亮了起來。他有一種終於占到了一點上風的虛榮感，努力挺了挺胸，用力把好身材展露出來。

打開蓮蓬頭，她調整了一下水溫，然後用水沖他的手掌，問這樣的溫度可不可以？他告訴她剛剛好，心裡突然荒謬地升起一種上美容院洗頭的錯覺。

她熟練地幫他全身抹上香皂，指尖輕輕劃過胸膛和小腹。他感覺到一陣戰慄，開始起了生理反應。然後，她沾滿香皂的手一把抓住他勃起的陰莖，開始搓洗起來。

「好粗好硬啊！」她用沒有表情的聲音說。

對她的讚美，他既沒有高興也沒有回答。他了解這是她的工作，也不知道該回答什麼，讚美她很有技巧嗎？

他的手從頭到尾不知道該放在哪裡。該舉起雙手像投降一樣，讓她方便抹香皂？

還是開始摸她，為等一下的節目暖身？又或者，應該也幫她服務，禮尚往來？

最後，他選擇把雙手撐在牆上站著。她似笑非笑地看了一眼，似乎在調侃：「怎麼？舒服到站不住啦？」

重點部位她幫他洗得很仔細。把包皮蛻下來，用手掌包著龜頭，輕柔但堅定地搓著。他慶幸手撐著牆，不然真的可能站不住。除了龜頭，她還仔細地洗了幾次他的肛門，那種感覺他很不習慣，很納悶為什麼要洗那麼仔細？但他選擇沉默不問，任由她擺布。

他們把身體擦乾，圍著Hotel提供的大浴巾走出浴室。她要他躺下，然後開始用她的舌頭取悅他，並幫他戴上保險套。

之後他們開始做愛。他有快感，而且覺得她也有，他分不出來她是真情流露還是在演戲，不過至少她試圖讓他認為她有快感。

壓在她身上，他想要吻她，但她技巧地把臉偏向一邊，讓他只能吻到她的臉頰。由得她，他沒有堅持一定要吻到她的嘴。

結束之後，他們又一起去沖了澡，這次她洗得比較漫不經心。

穿好了衣服，她坐在凌亂的床上點起一根菸。

「你不喜歡菸味？」她看到他皺起眉頭。

「對。」

她沒多說什麼，把菸熄了。

然後，他們又陷入沉默。

「妳為什麼要做……這個行業？」他想打破難堪的僵局，找點話題跟她聊聊，並不是真的對答案好奇，不過話一出口就後悔了，這似乎不是一個適合閒聊的話題。

「暑假打工，缺錢花啊！」她倒是很自然地回答，但過分流利了些，讓他感覺這應該是準備好的標準答案。

「像妳這麼漂亮的人，應該有很多機會，何必要出來做呢？」他假裝忘記現在和她之間的「嫖客－妓女」關係，開始跟她說教了起來。

她看了他一眼，有點驚訝他會這樣問，停了一、兩秒後，她說：「像你這麼帥的人，應該不缺女人，為什麼要出來玩呢？」

「有男朋友嗎？」他想換個話題，但似乎越來越口不擇言了。

「分了。」

「為什麼？」

「就個性不合啊！」然後她似乎有點不耐煩這種對話，站起來開始揹包包、穿高跟鞋。

「五千。」她告訴他一個已有共識的數字，他也把早就準備好的鈔票從皮夾裡掏出來遞給她。

「以後要怎麼找妳？我的意思是，直接找妳。」他很驚訝地聽見自己的聲音這樣說，好像嘴巴不是自己的一樣。

她思考了一下，說：「反正我對你挺有感覺的，可以給你手機號碼。打給我，我可以給你打折，不過千萬別讓阿姨知道，我會被罵死。」她停了一下，「我沒出門的時候，都在尋夢園聊天室，你也可以到那找我。」

她親了他臉頰一下，然後轉身走出去，沒有多看一眼。

隨著她關上門離開，他好像有一部分的自己也隨著她一起離開了肉體，這就是墮落的滋味嗎？他看著房裡的鏡子發呆。感覺好像應該要哀悼些什麼東西，但是他也不確定現在這種悵然若失的感覺值不值得哀悼，到底跟著Angel一起離開的東西是什麼？

走進Hotel的時候，他是獨自一個人；走出Hotel的時候，他仍然是獨自一個人。但是這個人已經和走進來的那個人不一樣了，也許外表看不出來，但是裡面已經不一樣了。

八

我伸手攔了部計程車，告訴司機開往忠孝東路的星巴克，阿智和我約在那裡碰面。

昨天Andy和我初步規劃，隔天分頭去拜訪阿智和江警官，問些問題，晚餐的時候再集合討論得到的情報，擬定下一步的作戰計畫。Andy知道我現在不太適合和江警官碰面，所以貼心地讓我負責阿智這邊，他呢，則去和江警官周旋。

我其實不太相信江警官會透露情報給我們。我是嫌疑犯，Andy是嫌疑犯的律師，這種組合連我自己都很難說服自己，江警官會開開心心讓我們知道一堆內幕消息。不過Andy認為不試白不試。「我們手上也不是沒有好牌，」他說，「『傷痕無數』的MSN帳號還有阿智這兩個情報可以拿來交換。」

「這算是一種售後服務嗎？」電話中阿智的聲音聽起來相當驚訝，搞不清楚我幹嘛約他出來。

「可能不見得，我只希望你不要認為這是種打擾。」我老實承認。儘管如此，阿智還是答應見面，也許殺死貓的好奇心是主要原因。

星期二的星巴克很安靜，客人不多，陳奕迅正用比背景音樂稍稍大一點的音量唱著：「路……一直都在。That's just life，尋找夢裡的未來。That's just life，消滅現實的無奈。」

我不確定我的生活怎麼會搞得雞飛狗跳，不過我想陳奕迅講的大致上沒錯，路不管在不在都還是得走下去。

我在非吸菸區挑了一張遠離吧台的桌子坐下來。我不記得阿智抽不抽菸，或許根本從來沒知道過，不過管他的，忍個一小時不抽他應該也不會怎麼樣。

點了一杯拿鐵，我坐下來邊喝邊等阿智。陳奕迅剛唱完〈倒帶人生〉的時候，他走了進來。

雖然只有半年前見過那一面，不過他剛進門我就認出來，我的記憶力還不壞。阿智先是遲疑了一下，但也馬上認出我，朝著我點點頭，他的記憶力也不差。

他點了杯大杯焦糖瑪奇朵，坐在我的對面，我們都在盤算到底第一句話該說什麼。

「婉菁還好嗎？」我率先打破沉默。老實說我根本不在乎婉菁怎麼樣了，但沒辦法，和阿智之間，我能想到的開場白只有婉菁。

「還可以吧！」

「你們婚禮什麼時候舉辦？」

「不知道。」他垂下視線看著桌面。

「哦，還沒有決定婚期啊？」我沒聽出他的弦外之音。「日子要先定下來，這樣才可以開始找請客的場地。」

「不會有婚禮。」阿智怕我沒聽懂，又重複一遍：「不會有婚禮了，我和婉菁完蛋了。」

雖然我老是嚷嚷著我只快遞情歌，不負責幸福，但真的面對委託人的不幸福，那種衝擊還是很強烈。我真是討厭我自己，不知道我到底想幹嘛？特地把以前的委託人約出來，問他我根本無權過問的事情，搞得尷尬不堪，這就是我要的嗎？

反倒是阿智安慰我不要緊，他說跟婉菁本來就碰上了瓶頸，求婚是他想出來力挽狂瀾的一招，雖然婉菁答應了，但卻在兩天後徹底反悔，不光是對婚姻，甚至是對與阿智八年的感情。

「感情真的好奇怪，你知道。」阿智端起咖啡，啜了一口。

「我想我知道。」其實我根本不知道。

「做你這行的，應該看過很多感情的事吧？」

「還算不少。」

「你看的應該happy ending比較多，嗯？」他說。「情歌快遞，聽起來是好幸福的工作。」常有人想像我的工作非常浪漫，就像是個信差，把幸福帶給別人。

好好笑，聽起來似乎我的幸福多到滿出來，必須到處分送給別人。

我沒費事跟阿智解釋我的工作一點也不浪漫，委託人的幸福不幸福也不關我的事，他要這樣想我不反對，只要對他有幫助。我只是試圖把話題轉開，我沒忘記約阿智出來的目的。

「傷痕無數？」他皺著眉頭。「沒什麼印象耶！」

其實我一點也不意外，要是他正好認識個傢伙暱稱是「傷痕無數」，我才真會驚訝地跳起來。

「那……你有沒有跟別人談起過我的服務？」

「當然有。」

「記得和誰談過嗎？」

「太多了，讓我想想。」他又啜了一口咖啡。「好奇怪，我本來以為很多，不過仔細一想其實還好。」

「你沒用力幫我宣傳。」我說。

「真是對不起喔！我幫你宣傳，應該會收到負面效果吧？」他笑了一下。「我和爸媽談過，當然。他們一直很擔心我跟婉菁，所以我一有計畫就告訴他們。另外，我還跟兩個適婚年齡的朋友聊過，不過我猜他們應該還沒對象可以接受你的服務，你知道的。」我問他那兩個朋友的名字和聯絡方式，抄在我的筆記本上。

「不過有件怪事，」他像是突然想到什麼，手輕拍了一下桌面。「和婉菁分手後，我有時會上網路聊天室聊天，你知道。反正一個人的生活，時間好像突然多得花不完，網路上多得是寂寞的人互相取暖。大概幾個月前吧，有個傢伙和我聊到了情歌快遞，他從朋友那邊聽說這種服務，很想要試試看，只是不知道有誰試過，效果好不好。我告訴他剛剛好我就試過，效果還不錯。當然我沒告訴他兩天後婉菁反悔的事情，反正那也不是你的錯。」

「然後呢？」

「然後我就告訴他你的聯絡方式，接著祝他好運。」

「這事哪裡奇怪？」我不太懂。

「本來我也沒想太多，只是多少有點期待他會再跟我說後來怎麼樣了。」他搔了搔頭。「可是我之後再也沒有在聊天室碰過他，所以也沒機會問。接著我就常常在想，越想就越覺得奇怪，你說，聊天室裡人那麼多，他怎麼那麼剛好跟我聊到情歌快遞？」

「也許他是個幸運的傢伙？」我提議。「或者是，他逢人就聊這個話題？」

「也有可能，不過我老有種感覺，他早知道我認識你，所以故意找我聊的，你知道。」

阿智告訴我聊天室的名字叫「尋夢園聊天室」，那個怪傢伙暱稱叫「灼熱的憤怒」，我也抄在筆記本上。他很好奇我為什麼要約他出來問這些有的沒的，我告訴他是一點私事，但遲早會讓他知道原因的。他沒追問。

臨走前，我把王馨儀的照片給阿智看，順便偷偷觀察他的反應。

「我不認識她，不過她看起來也很寂寞。」阿智平靜地說。

九

晚餐時間，我坐在另一家星巴克裡，桌上擺著的是三明治和柳橙汁，今天的咖啡因已經夠了。

距離和Andy約定的時間還有一陣子，我的筆記本打開攤在桌上，上面抄了兩個名字、一個暱稱和一個聊天室。我兩眼發直地盯著看，希望能從裡面看出個什麼來。

張國豪跟李全奇，他們都是阿智的高中同學，三個月前同學會的時候坐在阿智的左手邊和右手邊，聽他提過情歌快遞，提過我。

我拿起手機撥號，張國豪的聲音在電話裡聽起來很困惑。我解釋我是阿智的朋友，專門幫忙快遞情歌。

「嗄？」他說。

我再解釋了一遍，用一種裝腔作勢的標準國語。

「嗄？」他還是這句老話。

我跟他說「謝謝」，然後掛上電話。

阿智說李全奇大學畢業後就一直待在美國，三個月前特地趕回來參加同學會，隔天就飛回去了。筆記本上有個1開頭的電話，我算了算時差，再想想可能白花的越洋電話費，決定把錢省下來。

我現在挺確定他們都不曾找我提供服務，而且短期內我看也不會，直覺告訴我這兩個人和事件無關，雖然我對自己的直覺也不是多有信心。但最重要的是，「傷痕無數」如果真的跟阿智是好朋友，他應該會盡可能隱藏他認識阿智的事實，免得追查到他身上。

所以剩下的，就是那位「灼熱的憤怒」了，他是現在看起來最可疑的傢伙。如果說我是江警官認定的兇手，那「灼熱的憤怒」就是我認定的。我打算好好的來懷疑他，反正我也沒其他人好懷疑。

他在憤怒些什麼？什麼樣的憤怒又會是「灼熱」的？真要說的話，我覺得如果非得給憤怒有個溫度，應該大部分都是灼熱的。「冷冰冰的憤怒」也不是不行，只是好像少了點力度，沒真的那麼生氣的感覺，少了一點火爆，多了一點無奈和壓抑，比較虛弱的感覺。

虛弱？一個受傷很重的人應該很虛弱，那「傷痕無數」的人呢？

我好像一直理所當然地相信，「灼熱的憤怒」就是「傷痕無數」。但是這樣一想來，這兩個暱稱描述的心理狀態其實差很多，一個傷痕無數、身心疲憊的人，憤怒起來好像比較適合冷冰冰的方式。

這兩個傢伙會是同一個人嗎？

我還在思考的時候，Andy旋風一樣地衝進來，一屁股坐在我的對面，然後好像突然想起來什麼，馬上又衝到櫃檯點了份三明治外加一杯冰拿鐵。儘管他看起來很亢奮，比我還不需要咖啡因。

捧著三明治和冰拿鐵走回座位，他還來不及坐好，就興奮地跟我說：「大有收穫，大大有收穫！浴缸裡的那具屍體如假包換叫王馨儀，二十二歲，從她皮包裡的證件還有父親的指認都可以證明這點。」

「昨天報紙已經寫了。」

「沒錯，但報紙沒告訴我們她留了個皮包，也沒說她有父親。」

「也對。」我最好別問「很重要嗎？」那只是徒然把自己搞得很糗而已。Andy覺得重要，一定有他的道理。

「先說你最在乎的吧！警察現在正調查王馨儀，看看她過去到底幹了些什麼好事，讓人恨到要把她的頭敲破。」他說。「目前，警察還沒查到她跟你有什麼關聯。」

「所以江警官不懷疑我了？」

「我不知道他懷疑什麼、不懷疑什麼，不過，你的處境應該要比昨天好很多。」

只是「還沒」查到，我該鬆一口氣嗎？她和我無關是很好，不過我被捲進這件事情的理由就更撲朔迷離了。

「死因是頭部遭到鈍器撞擊，兇器馬上就確認了，它被扔在浴缸裡，是個玻璃菸灰缸，」他啃了口三明治，繼續說道：「你也猜得到，上面沒有指紋。」
「菸灰缸？浴室裡擺菸灰缸？」
「對，『巴黎戀人』的經理說，這是他們貼心的服務之一。」
「好貼心，這樣要殺人就很方便了。」
「浴缸裡有兇器，還有王馨儀的皮包，皮包裡面除了證件和一般女孩子的玩意兒，還有些別的有趣東西。」他翻了一下他的筆記本，我偷瞄了一眼，上面密密麻麻的全是字和不可解的圖表、箭頭。
找到了正確的那頁，他一個字一個字照著唸：「面紙一包、鏡子一面、梳子一把、衛生護墊一包、護唇膏兩支、口紅一支、眉筆一支、鑰匙一串、一張『漫畫王』的會員卡、錢包，但裡面只有三百六十五塊。別打呵欠，接下來的比較有趣。保險套三個、避孕藥、紫色蕾絲內褲，還有潤滑劑。」
「現在的女孩子真不能小看。」
「是啊！是個狠角色。」他說。「另外，王馨儀的父母很早就離婚，她跟著父親。專科讀到一半就輟學、離家出走，父親已經和她斷了音訊三年多，不知道她住哪裡，也不知道她做什麼工作維生。」

「聽起來不是個乖孩子。」

「的確不像。知道江警官是怎麼猜測的嗎？」他問我，不過沒等我回答就自己公布了答案。「王馨儀是個援交妹，殺她的人是嫖客。」

「你也這麼想？」

「現在說還太早，我們的線索還不夠，整個事件的真相還很遙遠。不過我感覺得到，我們已經開始有點進展了。」Andy看起來很有把握地說。

接著他把筆記本給我看，比起我可憐的內容，他的豐富許多。王馨儀父親的名字以及聯絡方式、「巴黎戀人」經理的名字、三個標註「男朋友」的傢伙、所有王馨儀讀過的學校還有教過她的老師……難怪Andy會這麼興奮，昨天我們兩個從沒想過江警官會這麼願意分享他的資訊。

「江警官為什麼會把這些告訴你？」我知道推理小說裡面，警察老是把辦案的情報透露給偵探，但這可是現實世界。

「你知道台北市一年有多少兇殺案沒有偵破嗎？」Andy反問我。

「很多嗎？」

「比你知道的要多。對江警官來說，這個案子沒什麼新聞價值，一個妓女被殺能引起多久的風暴？何況看起來這個案子短期內沒有偵破的希望，他何不把時間花在更有希望偵破的案子，或是更重要的案子？」

「像是議員老婆車子被偷的案子？」

「江警官只負責兇殺案。不過你說得沒錯，就是這個意思。他沒道理花太多時間在這裡。」

「所以他就把情報告訴我們，期待我們幫他破案？」

「我猜他也沒真的抱多大期望，但反正也沒差。」說完，Andy像是突然想到什麼笑了出來。「這就是這個年代的警民合作。」他說。

聊完了Andy的發現，接著該我了。他有一大堆的名字，代表了好多個可以繼續追查的方向，而我，只有兩個沒搞頭的名字外加一個暱稱。

我告訴他阿智和婉菁並沒有像王子和公主，從此過著幸福快樂的生活，他很有興趣地聽著，但沒我想的驚訝。我又告訴他阿智沒聽過「傷痕無數」，也不認識王馨儀，不過有個可疑的傢伙暱稱「灼熱的憤怒」，曾經在聊天室裡和阿智聊過情歌快遞。

我還很得意地告訴他，我覺得「傷痕無數」和「灼熱的憤怒」搞不好並不是同一個人。

「為什麼？」Andy有點意外。於是我把我的理論告訴他，關於憤怒的溫度。

「阿駒，說真的，你實在不像是個偵探。」聽完我的理論，Andy苦笑地說：「對我這個在乎理性事實的腦袋來說，憤怒的溫度如果可以當作是證據，那你必須要有個溫度計量給我看才行。你應該多用眼觀察、用嘴巴問、用耳朵聽，然後多用腦思考，少用心去做無謂的感受，那太靠不住了。」

「我知道這聽起來很不理性，但你不能否認的確有這種可能性。」我為我的理論辯白。

「是嗎？我倒覺得『傷痕無數』和『灼熱的憤怒』絕對是同一個人。」

「這麼肯定？」

「你還沒看出來嗎？」他挑了挑眉。

「沒看出來什麼？」

「這兩個暱稱的關聯性啊！這麼明顯，而且以你的專業，我還以為你會馬上想到。」

「我的專業？給個提示吧！」

「我很喜歡的女歌手，那英。」

然後我突然就想到了，好奇怪自己居然到現在才發現，人的腦子還真是靠不住。

「征服！」

「沒錯。」

十

告別Andy回家，天空開始下起雨，一開始是幾滴、幾滴，沒兩下子突然變成傾盆大雨。我站在路邊攔計程車，等上了車，全身上下已經找不到一個乾爽的地方了。回到家，我把濕透的衣服脫下來，去浴室沖了個澡，換上乾淨的衣服。窗外雨還在下，淅瀝瀝的下得讓人心煩意亂。我打開電腦，把那英那首〈征服〉的歌詞找出來。

終於你找到一個方式分出了勝負
輸贏的代價是彼此粉身碎骨
外表健康的你心裡傷痕無數
頑強的我是這場戰役的俘虜

就這樣被你征服　切斷了所有退路
我的心情是堅固　我的決定是糊塗
就這樣被你征服　喝下你藏好的毒
我的劇情已落幕　我的愛恨已入土

終於我明白兩人要的是一個結束
所有的辯解都讓對方以為是企圖
放一把火燒掉你送我的禮物
卻澆不熄我胸口灼熱的憤怒

你如果經過我的墳墓
你可以雙手合十為我祝福

外表健康的你心裡傷痕無數。這給我什麼啟示？「傷痕無數」外表看起來很健康？那胸口灼熱的憤怒又是什麼意思？

我坐在電腦前面想了半天，還是想不出個所以然。但Andy說得應該沒錯，「傷痕無數」和「灼熱的憤怒」八成是同一個人，因為他們用同一首歌來決定暱稱，純粹是偶然的可能性很小。

兩個菜鳥偵探查到現在，進展雖然不多，但總算是有了一點。我們現在可以確定死者是王馨儀，也幾乎可以確定兇手是「傷痕無數」，而「傷痕無數」就是「灼熱的憤怒」。兇手很巧妙地利用網路的匿名性，用假身分留下一個又一個犯罪的足跡。繼續查下去，我們搞不好還會發現其實「灼熱的憤怒」就是「戰役的俘虜」或「藏好的毒」或不管什麼鬼暱稱。

但無論如何，王馨儀的劇情都已經落幕了。

關掉電腦我爬上床，腦中一直迴盪著那英的歌聲，我一句歌詞、一句歌詞在心裡跟著那英一起唱，搭配著沒完沒了的雨聲，沒多久就睡著了。

早上我從一個已經記不起的夢境裡掙脫出來，發現自己居然還在心裡哼著〈征服〉。刷牙、洗臉、吃完早餐之後，我才終於把那英的歌聲趕出腦袋。

拿起吉他，我想繼續未完成的〈逃亡天使〉，但卻發現根本沒辦法繼續下去。攤在我眼前的死亡是那麼的荒謬，但又那麼的真實和殘酷，讓我筆下那對一心要逃離個什麼的戀人，突然變得很平板、很不真實，變得好不重要，我完全沒辦法再進入那種情緒。

不如幫王馨儀寫首歌？我知道我總有一天會寫的，但不是現在。我現在距離她的死亡還太近，我需要一點安全的距離，把鏡頭拉遠，好好的打量一番。最好是黑白的畫面，把血腥的紅色褪成黑白，再把聲音關掉，把純粹的暴力和仇恨，褪去變成無聲、空洞的吶喊和掙扎，這樣我才有辦法睜著眼睛面對它。

對現在的我來說，寫歌還不是面對這件兇案的方式，找出誰是兇手才是。

打開窗戶，窗外的雨還在下，潮濕的空氣刺激著我的鼻子。我收拾了一下，然後開車去游泳。

可能是天氣的關係，今天泳池的人比較少，大部分的時間我一個人獨享整條水道。先是蛙式三百公尺，然後自由式兩百公尺，接著我游仰式。仰式我游得很差，人多的時候我不太游，因為速度太慢會干擾到共用水道的人。不過今天沒關係，我愛怎麼慢，就怎麼慢。

游仰式有個好處，就是可以好好地觀察泳池的天花板。聽起來好像很無聊，不過當你絕大部分的時間都在觀察泳池池底的時候，換換口味是滿不賴的事情。

我一邊瞪著泳池天花板，心裡一邊胡思亂想。

王馨儀是援交妹，兇手是嫖客。他們可能正在進行交易，不知道為什麼發生了爭執，也許是價錢談不攏，或者是兇手對王馨儀的服務不滿意，總之兇手抓狂了，用「巴黎戀人」的菸灰缸把她的腦袋砸個稀爛。

江警官八成就是這樣推測的。不過這說得通嗎？如果沒有我來參一腳，這個故事或許說得過去，但我可是一個禮拜以前就被約到那邊去發現屍體！Andy說得對，這絕對不是什麼臨時起意的殺人。

那兇手是很早之前就對王馨儀的服務態度很不爽，但暫時忍耐下來，從歌裡面給自己取了暱稱，安排了情歌快遞，等到一切準備就緒才動手？這更離譜了，完全說不通。

那，王馨儀到底為什麼被殺？

隔壁水道是教學水道，七、八個小朋友在學游泳，樣子都不超過十歲，老師看來已經快被他們煩死了。

一個感覺特別頑皮的小男生手拉著老師告狀。「老師，他剛剛打我的頭！」

「他為什麼要打你的頭？」老師不耐煩地說：「會不會是因為你欠打？」

為什麼王馨儀會被殺？會不會是因為她該死？

離開前我去烤箱待了五分鐘，然後把汗水沖掉去換衣服。

我不餓，但我的腳又把我帶到「美依」。

和第一次一樣，我點了一份沙拉、五穀米和精力湯。醫生和營養師告訴我，痛風的人不能吃帶有高普林的食物，包括海鮮、內臟、高湯、香菇、豆類……而且，還不能喝酒。該死，都是些我好愛的東西。

我在想，醫生和營養師大概是這個世界上最不可能變成美食家的人，他們甚至已經不吃東西了，他們只「攝取」營養素。

第一次幫我點餐的女孩今天也在，仍然像那次一樣笑得燦爛，上次的黃色Polo衫這次換成了一件黑色的T恤，胸前還有個小小的圖案，但我不好意思盯著看。我有股衝動想問她幸福是什麼？不過想想還是算了，我只問她多少錢，她跟我說一八〇。

嗯，物價漲得不厲害。

養生餐老早就吃完了，我坐在「美依」發呆，看著窗外的雨。今天Andy有事，所以我們沒有安排任何偵探的行程。我不知道接下來該幹嘛，平常我就是寫歌、游泳和快遞，今天的我歌寫不出來，沒有快遞任務，剛從泳池爬出來。才過中午，我就找不出事情可以做了，我的人生還真是空虛。女孩在櫃檯後面忙進忙出，我開始有點羨慕她，她肯定比我知道等一下該幹嘛。

我的薩克斯風被當作證物沒收了，接下來還有個快遞任務得用到薩克斯風，是不是該再買一支？

然後我想到了老唐，這個時候去找他剛剛好。

老唐的樂器行開在北投一座小公園旁邊，距離溫泉區走路不到兩分鐘，店名就叫作「老唐」，簡單明瞭。

我把車停在附近，走向「老唐」找老唐。

老唐的年紀大概介於五十到六十之間，不過看起來年輕得多，頭髮剪得短短的，像是打算偽裝成一輩子不會退伍的士官長，但卻又無視軍紀地留著一把絡腮鬍，外表活像個性格的大叔，而事實上他的確是。

認識老唐已經二十幾年，小時候我住在北投這一帶，放學閒著沒事晃來晃去，老是跑到「老唐」盯著各式各樣的吉他發呆，他看我一個小孩子挺有趣的，就常常跟我聊天，我和他意外的很有話聊。後來「老唐」二樓開了個音樂才藝班，我成了他班上的學生，正式開始跟他學習吉他。

二十幾年過去，他從唐老師變成了老唐，我則從小鬼變成了阿駒。

走進門，店裡一如往常沒半個客人，老唐坐在櫃檯後的老位子上看書。我進門帶起的風鈴聲讓他抬起頭，伸出彈琴的修長中指跟我打了個招呼，我也回敬給他一個簡潔有力的中指，這是屬於我倆打招呼的方式。

「在看什麼？」我漫不經心地問。

「《放風箏的小孩》。」他眼睛回到書上。

「應該是《追風箏的孩子》吧？」

「哎喲，你是來找碴的？」他把書放下，摘下眼鏡邊擦邊說：「今天怎麼有空來看老唐啊？」

「來看看你死了沒。」我說。

「好在你來了，不然我真不確定你還活著。」老唐也不甘示弱。「最近好嗎？」

「不是太好，不過應該還是比你強一滴滴。」

「怎麼啦？」他戴回眼鏡，用最溫柔的聲音問我。

然後我聽見自己開始跟老唐傾訴，把這幾天發生的事情統統告訴他。講到我在浴缸發現屍體那段時，老唐特別津津有味。

「所以搞半天你沒嚇到她，反而是她嚇了你一大跳，你這趟快遞任務也算是物超所值了。」這就是他最後的結論。

「我不是來跟你打屁的，我來看薩克斯風。」我說。

「你原本那支呢？被你的爛嘴吹爆啦？」

「被警察沒收當作證物了。」

「證物？證明什麼？」

「我哪知道？證明我會吹薩克斯風吧！」

老唐跟我說不用再買一支，現在有租借中音薩克斯風的服務，三千塊可以讓你帶一支回家吹整整一個月，吹到嘴巴真的爛掉都沒問題，不過為了衛生問題，必須自備吹嘴組。我說沒問題。

老唐幫我挑了一支霧銀的中音薩克斯風，捧在手裡的感覺跟我原本那支挺像的，我應該會吹得很順手。他說我不用付押金，不過租金還是得付，我告訴他三千塊我還付得起。

「你說，我是不是太感性，沒辦法理性地分析事情？」付錢之後我問他，Andy前天對我的評語老實說我挺介意，忍不住問問老唐的看法。

「呃，也許吧！」可能看我問得認真，老唐收起了插科打諢。

「那怎麼辦？」

他慢條斯理地挖了一下鼻孔說：「你未來生涯規劃有打算轉行當個福爾摩斯嗎？」

我想了想。「沒有。」

「那不就結了！你要理性這碗糕幹嘛？搞音樂的就是要像你這樣。憤怒的溫度，虧你想得出來，弄得連我都熱血沸騰得想要寫首歌了。」

接著我在那待了十幾分鐘，和老唐聊了一下〈逃亡天使〉，還有我最近的創作瓶頸。

「你知道什麼是幸福嗎？」離開前，我又問老唐。

「這我不知道，不過我知道相反的事情。」

「什麼是不幸福？」

「不，什麼不是幸福。」

「有差別嗎？」我停了一下，「哦，我想我懂你意思。」

「嗯哼。」

「是不幸福和不是幸福，有意思。」

十一

星期六下午一點半，我獨自坐在美麗華中庭的水池旁，靜靜地看著周圍的男男女女在眼前晃來晃去。

一對年輕情侶手牽著手，擺著甜滋滋的幸福美滿架式從我眼前走過。後頭緊跟著另一對更年輕的情侶，爭吵著經過我面前，爭吵的主題好像是：「你都不記得我生日」之類的。接著，一個頭髮染得金黃的女孩，邊走邊哭邊對著手機大喊：「你和那個賤女人去死吧！」

一對對、一個個人生百態溜進我的視野又滑出去，我好像在看奧運開幕的運動員進場，只不過沒有人開開心心地對我揮手，大家都沉浸在自己的歡喜憂傷裡面。

什麼是幸福？什麼是不幸福？什麼又不是幸福？

這兩天我好像掉了魂魄，做什麼事都不對勁。星期四下午我到信義區一家高級餐廳出任務，帶著老唐租給我的薩克斯風。坦白說，我吹得糟透了，不但感情無法投入，就連吹錯音這種初學者錯誤也犯了好幾回。幸好委託人沒聽出來，我知道，是因為他還是高高興興地付錢給我。

不是薩克斯風的問題，我心裡明白，是我自己的問題，沒有藉口。

回到家我立刻推掉所有剛接的委託，最近不適合出任務。

星期五，我整天待在家裡無所事事，到樓下便利商店買了份報紙，在上面找不到任何「巴黎戀人」謀殺案的後續報導，跟Andy想的一樣。不過倒是在每週出刊的八卦雜誌裡，我看到了相關的「報導」，如果那篇亂七八糟的玩意兒也算報導的話。

文章寫著，花名「曉莉」的王馨儀在台北市林森北路某知名酒店上班，她星期六晚上被發現陳屍在汽車旅館「巴黎戀人」房內，死的時候全身一絲不掛，只在脖子上纏了一條粉紅色的絲巾。這是「絲巾殺手」的標準手法，王馨儀是他第四個受害者！文章這樣說。

圖片是八卦雜誌少不了的，文章附了幾張模模糊糊的女人背面照片，毫無疑問沒穿衣服，另外還有幾張汽車旅館內部裝潢的照片，不過我一眼就分辨得出來根本不是在「巴黎戀人」拍的。

文章還貼心地羅列了前面三個受害者和王馨儀的死法比較，當然啦，還有「絲巾殺手」和殺人魔傑森的比較表，絲巾殺手勝在年輕和有「想像力」，傑森則勝在殺人的數目。

寫得好像記者已經破案，不過我太清楚了，這全是狗屁，但我也不禁佩服記者根據王馨儀和「巴黎戀人」兩個情報就能掰出一大篇圖文並茂故事的功力。

終於捱到了星期六，這天Andy和我講好一起繼續我們的偵探遊戲，他負責扮演福爾摩斯，我則扮演華生，專門問一些蠢問題還有不負責任地胡亂推理。我們打算重回「巴黎戀人」，找經理問話去。

Andy走近的時候我沒察覺，等他突然出現在眼前才嚇了我一跳。嚇到我的不只是他的突然現身，還有他的新髮型。Andy剪掉了一頭長髮，精悍的小平頭是他的最新造型。

「這是幹嘛？」我指著他的小平頭，不解地問。

「你不覺得這樣看起來比較像警察嗎？」他順勢擺了個拔槍瞄準的姿勢。

「幹嘛像警察？」

「拜託你投入一點可以嗎？你以為我們兩個長髮嬉皮跑去找人問話，會有人理？」

「所以你要假扮警察？」

「也不是真的假扮，只不過大部分的人都會預設立場，這麼厚臉皮敢跟他們問東問西的一定是警察，所以才會願意告訴我們一些事情。」他停了一下，「何必讓我們的髮型破壞了雙方良好的互動？」

他說剪短頭髮是為了假扮警察，梁詠琪說剪短頭髮是為了剪斷牽掛，如果問我相信誰的說法，我還是比較相信梁詠琪。

從我認識Andy開始，他就是留著一頭長髮，這個髮型很適合他。我很難相信他會為了這個偵探遊戲把留了好多年的頭髮剪短，無論他有多夠朋友。我想，他還是沒走出和美雯分手的陰影，雖然我不懂為什麼分手的人通常會想改變髮型，不過當初我跟小堇分手的時候也是費了好大的工夫，才克制住把頭髮剪掉的衝動。

克制住剪短頭髮的衝動，不代表走出了分手的陰影。頭髮剪短，真的會有幫助？

Andy今天穿得不太像平常的風格，上半身是藍色條紋休閒襯衫，下襬規規矩矩地塞進樸實的米色休閒褲，配上棕色的軟皮鞋，還戴上了好久沒見他戴過的黑框眼鏡。這身打扮配上剛出爐的小平頭，猛然讓我想到了他那個認真執著到有點古板的警官哥哥。不管假扮警察是他改變造型真正的理由或是藉口，他都搞得有模有樣。

「巴黎戀人」距離美麗華大約十分鐘腳程，我和Andy並肩慢慢走路過去。他這兩天和江警官互相交換情報，江警官跟他透露了追查「傷痕無數」ＭＳＮ帳號的結果。

「現在的科技真不是蓋的，」他說，「給他們一個帳號，他們就可以查出是哪台電腦，在什麼時間註冊這個帳號，也可以查出是哪台電腦和你ＭＳＮ聊得不亦樂乎。」

「所以破案啦？」我稱職地扮演華生，問些笨問題。

「現在的罪犯也不是蓋的，這個ＭＳＮ帳號是上個月註冊，使用的電腦在台中一家網咖。」他右手摩擦著自己的臉頰說：「和你聊天的電腦，則位在板橋另一家網咖。」

「所以這條線索等於是斷了。」

「那也不一定，網咖可能裝有監視器，現在江警官正在運用他無所不在的公權力，調出帶子來檢查。不管結果如何，這至少證明的確有個神秘兮兮的傢伙約你到『巴黎戀人』，現在你的嫌疑已經小很多囉！」

「巴黎戀人」的經理姓張，是個黑黑瘦瘦的年輕人，看樣子不超過二十五歲。Andy告訴他是江警官讓我們來的，他就很自然地認定我們也是警察。這當然是個誤解，不過我們倒也沒拚命解釋就是了。張經理花了大概十幾分鐘跟我們保證「巴黎戀人」絕對是正派經營，那個被嫖客宰掉的援交妹肯定只是個意外，和「巴黎戀人」一點關係也沒有。

「被嫖客宰掉的援交妹？」Andy問。

「難道不是嗎？你們警察封鎖現場的時候我也在，屍體好恐怖，浴缸被弄得亂噁心一把的。」他忽然發現這麼講有點不太好，趕緊補充：「事後我們當然好好地清理消毒過，現在浴缸乾淨得可以煮湯。」

可以煮湯？這張經理的腦子肯定壞掉了，這麼不合邏輯的話也說得出口。

「你怎麼知道她是援交妹？」Andy追問。同樣在聽話，他就是比我能抓到重點，直搗核心，我則老是被一些莫名其妙的胡思亂想牽著走。

「看她皮包裡面有什麼道具就清楚啦！又是皮鞭、又是蠟燭的，我才不信她是什麼聖女貞德咧！」張經理很有把握。

不過就是保險套和性感內褲，哪來的皮鞭、蠟燭？但我選擇閉嘴不吐槽。

「房間是誰訂的？什麼時候訂的？」Andy不打算跟他糾纏，迅速換個話題。

「一個多禮拜以前，有位白先生打電話來訂房。」

我倒抽一口涼氣，強自鎮定下來。兇手居然在訂房的時候就鎖定要陷害我？

「這位白先生，」Andy看我一眼，暗自偷笑。「有留下聯絡方式嗎？」

「他留下了手機號碼，不過我們已經試過，是空號。」

「事發當天，死者什麼時候check in？」

「大概下午兩點多。」

「那時候負責櫃檯值班接待的是誰？」

「是小瑜。」他查了一下班表，聳聳肩說。

「好可怕。」她說。

「沒錯，真的很可怕。」Andy點頭同意。

「真沒想到！我在汽車旅館上班那麼久，從沒見過這種事情。也許有人覺得汽車旅館很亂，出入的人龍蛇混雜，但我真的從沒遇過這種事情。」

「妳運氣好。」

「對，我運氣真的好好。」

小瑜今天剛好也值班，Andy和我就在櫃檯前跟她講話。看得出來她很緊張，雙手不停地扯著她的套裝裙子，一副全身上下都不自在的樣子，裙子看起來快被扯破了。不過我也沒資格說她，我同樣也緊張得很，只差在我沒裙子可以扯。

我們的對話同樣從「我們絕絕對對是正派經營的汽車旅館」開始，我猜這句話八成有寫在「巴黎戀人」的員工訓練手冊裡。Andy慢慢引導她回想當天的情況，我在旁邊悶不吭聲，只是靜靜地聽。

「還記得那天天氣，下雨？還是出太陽？」

「我記得是個好天氣，我穿著套裝外套一直嫌熱想脫掉。」小瑜歪著頭回想。

「還記得死者來check in的時間嗎？」

「好像是下午吃過午飯一、兩個小時之後吧！我的印象模模糊糊的，每天人來人往，實在記不清楚。」她歉疚地說。

「她是一個人嗎？」

「我記得好像還有個男生跟她一道，」她搔了搔頭，「我也不太確定。」

「男生？高的、矮的？穿什麼衣服？」Andy追問。

「嗯……我真的不太確定，或許是高的吧？衣服的話……印象中應該是偏運動風的衣服，好像還戴了頂棒球帽。不過他似乎刻意和那個女的保持一點距離，沒靠在一起走，check in的時候也站得遠遠的。」她又搔搔頭。我想，拚命搔頭也不錯，至少裙子得救了。

Andy在筆記本中記下小瑜說的話，但她的記憶力感覺不是那麼可靠。

「住宿登記簿。」我插嘴。

「什麼？」顯然她沒搞懂，所以我跟她解釋，有這麼一本簿子，每個來住宿的房客，都要填上名字還有證件號碼，說不定陪王馨儀一起來的人也登記在上頭。雖然他填的不見得是真名，但總算是條線索，很多案子都是從這循線破的。至少推理小說常常這樣安排。

她說推理小說的事情她不太懂，不過她保證，「巴黎戀人」的住宿登記簿上只有王馨儀的登記資料，沒別的，而且當天的登記簿早就被警察收起來當作證物啦！

「不信，你可以問我們經理。」

是啊、是啊！這我可以問經理，但他只會重申「巴黎戀人」是正派經營的汽車旅館。算了，扮演偵探不是我的強項，我還是乖乖待在Andy旁邊扮演華生就好。

「你覺得怎麼樣？」

「我覺得咖啡太淡，音樂太小聲。」我胡亂攪拌手邊的拿鐵。

「我是說剛剛張經理和小瑜的反應，你明明知道的。」

我們坐在美麗華二樓的伯朗咖啡，召開剛剛調查行動的檢討會議，好像剛剛的行動還真有點進展似的。

張經理和小瑜在我看來沒有提供什麼有意義的線索，我們只是在浪費時間，就算從頭到尾都坐在伯朗咖啡打屁聊天也不會更糟。我誠實地告訴Andy我的感覺，不過他倒是比我樂觀多多。他告訴我，很多時候調查工作就是這樣的，所有查出來的東西好像都沒價值，不過這些零零碎碎的東西慢慢累積，總有一天「砰」的一聲，每件事情突然各就各位，真相就浮現了。

「收穫是不多，不過至少我們現在知道一件事情。」

「『巴黎戀人』是家正派經營的汽車旅館？」我提議道。

「好吧！這是另一件我們知道的事，不過我想說的是，」他停了停，「我們的警察扮相還算可以。」

某時，某地……

他睜開眼，天花板鏡子裡映出他和Angel兩個人赤裸的身體，並肩躺在床上。透過鏡子，他凝視著她的乳房、她的小腹、她的大腿，還有她熟睡的臉頰。不知怎麼回事，他又有了感覺，翻身把她搖醒，他們又做了一次。

她很熱烈地配合，就像之前的每一次一樣。他好像總是有辦法找到她的敏感帶，把她弄得高潮一波又一波。

這是他們不知道第幾次的幽會。剛開始她算他八折，接著五折，到後來乾脆隨他高興給多少算多少。他為了補償，或說感謝，一有空就約她，偶爾買點小禮物送她。他相信他和她之間已經不是單純的嫖客對妓女，但是他們都很小心的，從來沒有提過什麼男朋友、女朋友，也從沒提過什麼承諾、什麼長久的關係。他知道她還有別的男人，這是當然的，但為了避免尷尬，她會盡量避免聊到；她也知道他有別的女人，不過她也聰明的選擇不去過問。

他當然知道她出身不好，但是那又怎麼樣？和她在一起，他會覺得特別的放鬆，特別沒有壓力，這是和別的女人在一起的時候不曾有過的感覺。他也不得不承認，她的肉體對他很有吸引力，和她做愛很過癮。每次和她見面之前，他都會興奮難耐，但他自己知道，他對她不是純肉慾的，一定還有一點什麼別的。或許是一種對墮落、對自己既有生活背叛的渴望，他發現自己真的對Angel無法自拔了。

沒錯，剛開始是找刺激，打發無聊的生活，但漸漸他發現他已經沒有辦法失去Angel。有時候他會想，或許他有辦法讓她高潮迭起，但她更厲害，有辦法讓他根本離不開她。

十二

「幹！你們兩個才不是條子！」他一點面子也不給我們地大吼。

星期天我們和阿崑約在板橋文化路的一間「戰略高手」網咖。地點是阿崑選的，他說他很忙，每天都要到這間網咖上班顧店，所以只能跟我們約在那。

自動門打開，一股混雜著菸味的冷氣撲面而來。走進門，震耳欲聾的槍聲、怪物吼叫聲灌滿耳朵。我想起了以前混夜店的日子，聞起來很像，不過聽的東西可要比現在這些噪音棒多了。

王霖崑，綽號阿崑，根據江警官星告訴Andy的說法，他是王馨儀的男朋友，兩個人在網路上認識而交往。在見到他以前，我想像他是個戴著眼鏡、有著蒼白臉色、瘦弱身材和凌亂頭髮的宅男型人物，整天只知道在網路上聊天打電動。直見到他，我才發現我的想像有多離譜。他不但不蒼白瘦弱，反而是個運動型的猛男，身上發達的肌肉絕對不是操作滑鼠練出來的，黝黑的膚色也不可能是螢幕的背光曬出來的，沒在網咖值班的時候，我敢打賭他都在健身房拚命操他的二頭肌。他的五官倒沒身材這麼有看頭，眉頭糾結在一起，底下的那雙眼睛露出來的如果不是兇光，那我就不知道是什麼了。鼻子太塌、嘴巴太闊、兩頰上坑坑洞洞全是痘疤，不過下巴的線條稍稍賦予這張臉一點堅硬的氣質。狼，而且還是條嗜血的兇狼，是我對他的第一印象。

他就坐在櫃檯後面盯著電腦，我們問他是不是阿崑，他斜眼看了我們一眼說：「是。」我告訴他我們就是和他約好的張警官和白警官，然後他就對著我們吐出了上面那串髒話。

我頓時有點發窘，阿崑的吼聲足夠震破耳膜，我很擔心冒充警察被抓包會引起騷動，不過四下看了看，整間網咖沒有半個人從他們的小世界裡面探頭出來望一眼，他們要不是在虛擬世界裡有更重要的事情要忙，就是耳膜早已經破了。

「你怎麼發現的？」Andy比我早一步恢復鎮定。

「恁爸從小學二年級就開始跟條子打交道，條子身上的味道我五公里以外就聞得到，你們身上沒那種味道。」

「不賴嘛！我們的破綻在哪裡？說來聽聽。」Andy還是面不改色。

「幹你老母！你們兩個白痴太有禮貌了，你們打電話給我的時候就知道你們是假的。幹！你有見過條子來找麻煩還先預約的嗎？」

我想我們是過分自信了。不過Andy倒不覺得我們已經一敗塗地，他還是硬起來，繼續跟阿崑周旋。

「王馨儀你應該認識吧？」

「麥擱亂啦！你們又不是條子，省省吧！」聽到王馨儀的名字，我注意到阿崑微微地慌了一下，不過馬上又拿出他的強硬態度，但是明顯沒剛才那麼理直氣壯。這也是談到現在，他第一次沒有用「恁爸」自稱。

「我們知道王馨儀是你的女朋友，還知道你殺了她！」Andy斬釘截鐵地說。

「我沒有殺人！」阿崑大聲地替自己辯護。

Andy是怎麼知道的？我注意到阿崑聽到王馨儀名字的時候，流露出來的不自然，但這也不代表他是兇手。難道江警官多透露了什麼給Andy，諸如什麼目擊證人的證詞之類的，讓他在看到阿崑的瞬間就能做出這樣的推理？我知道他是神探、我是華生，不過這個結局未免出現得太急、太突然了點。

「上星期六下午，你人在哪裡？」

「在家看電視。不行嗎？」阿崑的抵抗越來越虛弱。

「看了些什麼？」

「看電影台，幾台轉來轉去的，一下子周星馳、一下子蝦米碗糕港片，誰記得清楚啊？」阿崑雖然語氣還是很不客氣，但變得有求必應，Andy問什麼就答什麼，乖得不得了。我終於了解到剛剛的指控其實是Andy的問話技巧，而且還真有用。

「自己一個人看，還是和誰一起看？」

「就我自己一個人。」阿崑說，但心裡的不安開始藏不住了。「我可沒殺她哦！自己一個人看電視很正常吧？要是我有個女人，我摟著睡覺都來不及了，還看什麼電視？」

「為什麼你會擔心我以為你有個女人在旁邊？」

「呃，」阿崑停了一下，「不是你剛剛問我的嗎？」

我感覺阿崑好像有點開始要露出馬腳，但Andy決定暫時不乘勝追擊。

「好，你說了算，這個部分我們晚點聊。」Andy伸手摸了摸臉頰，露出了個狡猾的笑容，這種笑容意味著：「我已經知道了什麼，但選擇不戳破，留在手上當張王牌。」要我是阿崑，這種笑容會讓我不寒而慄。

「我們來談談你是怎麼認識王馨儀？還有你對她的死知道多少？」

「我和王馨儀那騷貨認識兩年多，在網路聊天室認識的。」

「哪個聊天室？」

「尋夢園聊天室。那上面正妹超多，我每次都上去聊天釣美眉，幹！上面真的超多美眉肯跟你上床，只要方法用對。」

「所以王馨儀就變成你的女朋友？」

「我才沒那麼瘋咧！婊子是拿來幹的，可不是拿來交往的。我和她的關係，就是我大概每禮拜會找她開一次房間，每次她收我五千。」

「就這樣？」

「不然還能怎樣？難不成你以為恁爸會動真感情？」阿崑說著說著又激動了起來。

「在這工作很忙吧？每天都有班？」Andy突然轉換話題。

「差不多。」

「撈了不少？」

「撈個屁啊！每小時才一百五十，還得跟一堆小鬼排班，一個月賺不到兩萬，沒餓死就不錯了。」

「怎麼會餓死？看就知道你家很有錢。」

「你瞎啦？我還得拿錢回家養我的廢物老爸、老媽咧！」

「你在幫她拉皮條。」Andy再度指控。

「幹！我沒有！」

「沒有？那你倒是告訴我，一個月賺兩萬怎麼有辦法又拿錢回家、又每個禮拜玩女人？我看你一定是幫王馨儀拉客，然後抽成，對吧？」

我在心裡幫Andy鼓掌。剛開始阿崑兇巴巴的搞得我緊張兮兮，但才沒兩下子，他就被Andy攻破了心防。

「好吧！算你狠。我是偶爾幫她拉個皮條賺點外快，那犯法嗎？」他想了想。「好吧！就算是犯法，但關你們兩位冒牌貨什麼屁事啊？何況她有辦法得很，根本不需要我幫她找客人，在聊天室有數不清的豬哥想上她，錢她還可以全拿不必被我抽成。有時候我也想不透，她哪裡還需要我？我看是我比較需要她。」阿崑好像豁出去了，什麼顧忌也沒有的全盤托出。

「你還有其他的女孩嗎？」

「還有兩個，都是沒腦到連電腦都不會用的白痴，她們才真的需要我。」他看了Andy一眼，說：「怎樣？有興趣嗎？她們沒腦歸沒腦，不過奶很大哦！」

「謝了，再說吧！」Andy隨口敷衍。「尋夢園聊天室，你常在那混？」

「我在這上班的時候，都掛在上面。」

「你的暱稱是什麼？」

「換來換去的，不一定。」

「那你跟王馨儀怎麼聯繫？她怎麼知道哪個是你？」

「我找她不就行了？Angel，她都是用這個暱稱。」阿崑說。

Angel？天使？

「見過一個暱稱叫『灼熱的憤怒』的傢伙嗎？」

「沒印象，是個妹嗎？」

「不確定，不過我想是男人。」

「靠！我對男人沒興趣。」

「我不喜歡他。真的很不喜歡。」坐在Andy的福斯裡，我對他說。

「唔，我感覺得出來。」他雙手搭在方向盤上，凝視著前方車子的尾燈。

我不知道自己怎麼會對他這麼反感，可能是因為他滿口髒話，也可能因為他拉皮條。不過有些人和我天生就是不對盤，阿崑就是這種人，我甚至不用真的認識他就已經開始討厭他。

「他對王馨儀的死根本漠不關心，不管她是不是他女朋友，但至少是個朋友死了，這種無所謂的態度讓我好想吐。」

「不過這並不代表他就是兇手。」

「我知道，但如果真要有個人死掉，某人是兇手，我寧願是他。」

「或許吧！」Andy不置可否。

「你呢？目前為止有什麼想法？」

「現在說還太早，」他還是望著前方，「不過我知道他隱瞞了些事情。我有預感，我們還是會回來找他的。」

十三

那是一間夜市附近的小廟，看起來破破舊舊，一個廟公穿著汗衫、短褲，手拿著扇子，坐在裡面窮極無聊地搧啊搧。廟門前掛了個小招牌，黃底紅字歪歪扭扭地寫著：「收驚請按此鈴」，底下還畫了個箭頭指向左邊一個小小髒髒的電鈴。

廟前的空地有間小攤子，擺幾張桌子配上幾張椅子，賣些乾麵、肉羹麵什麼的，還有幾樣小菜客人可以點來配麵吃，像是油豆腐、燙青菜、滷蛋啊豆干的，很平凡的一個攤子。麵攤的老闆兼廚師看起來十年前就該退休了，正忙著瞪著麵湯發呆，另外一位員工——也是唯一的一位，是個瘦瘦的年輕人，看上去未滿十八，正蹲在地上慢吞吞地洗碗。

這就是我們遇見Monkey的地方。

「沒錯，我是叫吳思吉，不過千萬別叫我阿吉，我好討厭人家醬叫我，聽起來像隻猴子，不知道為什麼電影和卡通裡面的猴子都叫阿吉。大哥，看過『秀逗泰山』嗎？」他高高瘦瘦的，眼睛大而靈活，但一口牙就令人不敢恭維了。頭上反戴著頂洋基隊的棒球帽，T恤加上磨得泛白的牛仔褲，身手似乎很敏捷。總的來說，看上去就是一副猴樣。

「沒看過。」Andy說。我們兩個各自拉了張椅子坐在他面前，他蹲著繼續洗碗。

「你應該找來看的，超白爛。」他把手上的盤子擱在水槽裡，水槽表面泛著一層油花和泡沫的混合物。

「那究竟該怎麼叫你？」

「我幫自己取了個英文名字，超酷的。」

「酷在哪？」

「英文還不酷？中文名字是老爸取的，或是老媽，或是隔壁的老王，不管哪個傢伙取的，總之不是你自己。但英文名字不一樣，我可以自己決定，這還不酷？」

「那你英文名字到底是什麼？」

「Monkey，叫我Monkey就ＯＫ了。」

「好像也是猴子的意思？」我忍不住插嘴。

「那又怎樣？」

吳思吉是江警官提供給Andy名單上的第二個名字，他告訴Andy吳思吉也是王馨儀的男朋友，同樣在聊天室認識，另外還體貼地附上了吳思吉的手機號碼。

星期一下午，Andy和我打過去，手機的主人請我們到通化夜市的麵攤找他。

哪個麵攤？就廟口旁邊的那個麵攤啊！大哥。

「我們是警察。」Andy這次直接厚臉皮地冒充警察。

Monkey多看了我們一眼，眼珠子轉了一轉，然後說：「你說是就是囉！大哥。」

我不太確定他相不相信，不過至少這次我們沒被髒話轟炸。

「認識王馨儀嗎？」

「認識。我就猜你們是為了馨儀的事情來的。」他站起身，把手在牛仔褲上擦了擦。我注意到他眼裡一閃而過的悲傷。「我們換個地方聊吧？蹲在這裡跟你們講話挺累的。」

我們三個在夜市找了間泡沫紅茶店，一人一杯珍珠奶茶坐下來。帳是我付的，本來我想警察付帳好像沒什麼道理，不過要個小鬼付帳，還是個靠洗碗維生的小鬼，我還真有點不太忍心。

無所謂，反正我看Monkey也沒真相信我們是警察，他只不過是比阿崑懂禮貌，不會當面戳破謊言。而且話又說回來，我扮演的角色只是警察裡面的跟班、俗辣，可不是什麼威風八面的大警官，威風還是讓Andy去逞就好了。

「這樣蹺班沒關係嗎？」我居然擔心他。

「哇，大哥，你真是個好人，這麼體貼。」他發了我一張好人卡，然後低下頭吸了一口珍珠。「安啦！首先我不怕王伯伯炒我魷魚，因為我根本不是他的員工。而且，我看我們邊喝茶邊聊慢慢逛回去，他那個破麵攤怕都還沒客人上門哪！」

「你不用上課？看你年紀，應該高三或是大一吧？」

「高三沒錯，」他說，「如果我國中有畢業的話。」

氣氛瞬間降至冰點。我怎麼到現在還學不會閉嘴聽Andy問話就好？

「說說看你怎麼認識王馨儀的。在尋夢園聊天室嗎？」Andy的插入解救了我的尷尬。

「你也知道尋夢園聊天室？那裡真的超酷的。不，我和馨儀不是在那裡認識的，我們只是常在那聊天而已。」

「不在聊天室？那在哪認識她的？」

「是因為工作的關係。」

「她的工作還是你的工作？」Andy問。我看到Monkey的臉一下子紅了起來。

「我的工作。」

「她來麵攤吃麵，然後你們就認識了？」

「大哥你還沒搞懂。王伯伯不是我老闆，這我剛剛已經說過啦！我的老闆是河馬，他可是『跑腿幫』的幹部呢！」

「『跑腿幫』？」

「不是真的幫派啦！應該可以算是『人力派遣』公司，哪裡需要跑腿的，河馬老大就派我來。王伯伯的孫子離家出走，他自己的腰彎不下來，所以麵攤碗沒人洗，而且他也需要人作伴，這時候就是跑腿幫大顯身手的時候啦！」

「所以你也幫王馨儀洗碗，跟她作伴？」

「不是啦！跑腿幫的業務可是很多樣的喔！有個癩蝦蟆想追求馨儀，買了花送給她，帶她去海邊告白，另外還在沙灘上排字，排個好沒創意的I Love You。我是被河馬老大派去幫忙排字的啦！」

Monkey跟我們解釋跑腿幫其實像是某種服務業，提供的就是跑腿的服務。最常見的委託是代為排隊購買熱門演唱會的門票，或是幫忙搬家、接機、送送愛心便當什麼的，只要你想得到的，需要人跑腿的，都可以委託跑腿幫的幫忙。

你沒空做，我幫你做。跑腿幫，方便了你的生活！這是跑腿幫的口號。

我還第一次聽說這種服務，不知道他們的業務包不包括快遞情歌？我開始擔心跑腿幫會搶了我情歌快遞的生意。

「後來因為你字排得很好，所以和王馨儀就交上朋友了？」

「呃，」Monkey的臉又紅了，「也不算啦！那個癩蝦蟆超遜，馨儀又好漂亮，所以我排完字找了個機會跑到馨儀面前，跟她介紹跑腿幫的服務。」

「你還負責拉生意？」

「不、不、不，我又不是業務，跑腿的時候順便拉生意可是大忌，那只是個搭訕的藉口罷了。」他又看了我們一眼。「不過我看得出來兩位大哥不會跑去告訴河馬老大的，對吧？總之，馨儀嚇了一跳，不過她告訴我想多知道一點跑腿幫的事，所以後來就丟下那可憐的癩蝦蟆，還有那排了老半天的I Love You，和我一起去喝咖啡、聊天了。」

「所以你去把她，她也接受了？」

「我是想把她沒錯，這違背了我們這行的職業道德，不過反正馨儀並不是因為喜歡我才跟我去喝咖啡，她只是想找個理由擺脫那個癩蝦蟆。」

「那你可幫了她大忙。她有沒有跟你上床？」Andy犀利的問話風格連在旁邊聽的我都有點招架不住，Monkey的臉又再次通紅，頭像波浪鼓一樣左右拚命搖。

「哦？她可不是什麼三貞九烈的女人，你又對她有興趣，你們會沒上床？」

「不是你想得那樣。沒錯啦！剛開始我是抱著這樣的期待沒錯，不過後來我發現和馨儀不是那種關係，她反而比較像我姐姐。」Monkey把玩著手邊的珍珠奶茶，不停地轉過來、弄過去，好像那是什麼稀奇的寶貝一樣，然後他開口告訴我們他的故事。

故事不長，而且很老套，不過要是在電視八點檔播出肯定可以賺到一堆婆婆媽媽的眼淚。簡單來說，Monkey父母從小離異，但和電視上通常演的不太一樣，夫妻兩個居然沒有搶破頭爭取撫養他，反而避之唯恐不及，所以七歲開始他就跟著爺爺一起生活。

「真是好險有爺爺願意收留我，否則我小小年紀可能就要在街上賣屁股維生了。」他說，不帶著感情。

十五歲的時候爺爺也走了，Monkey又只剩下一個人，獨自面對這個對他不怎麼樣的世界。「馨儀和我很像卻又很不像，她有父親、有家人，但是卻和我一樣孤獨。她不喜歡那個家，但她很照顧我，待我就像親弟弟一樣。」他咬著早已喝完的珍奶吸管。

「聊聊尋夢園聊天室吧！」

「馨儀常去那個聊天室，所以我有空也會上去和她聊天。」

「她在那邊拉客嗎？」Andy定定地看著Monkey。

他不是很願意談這個部分，王馨儀對他來說是個姐姐，誰會想談姐姐的賣肉生涯？但是不知道為什麼Monkey對我們出乎意料地坦承。

「是的，她有時候在那裡拉客，但有時候就純粹是聊天。不過不可能的，大哥，我不可能幫她拉皮條。」

「對『灼熱的憤怒』有印象嗎？」

「嗯……」他想了一會兒，「沒有耶！我通常都是上去找馨儀，如果馨儀不在，我就離開了，沒太注意別人。」

「我們懷疑他就是兇手。要是你之後想起什麼，記得聯絡我們。」

「請你們一定要幫忙抓到殺害馨儀的兇手。」Monkey誠摯地看著我們，只差沒握著我們的手。

這是我們追查這個案子以來，第一次有人希望我們破案。

十四

「有什麼我可以幫忙的嗎？」他笑容可掬的對我們說。

他的聲音低沉、渾厚卻又柔和，有一股讓人想閉上眼睛，放鬆一下的欲望。來，休息一下吧！什麼也不用擔心，交給我就對了，天塌下來有我頂著。

你陶醉在他的聲音裡，接著你抬起頭、睜開眼，看到了一個燦爛的微笑，一張斯文有禮的臉，感覺上不管他開口跟你推銷什麼東西，你都會滿心歡喜地買下。他的皮膚白皙、唇紅齒白，長得恰到好處的鼻梁上架著一付無框的眼鏡。但是，躲在眼鏡背後的那雙小小的眼睛，卻像是毒蛇一樣的銳利！

「我想跟你談一個女孩子，一個頭被敲破的女孩子。」

「嗯？」他歪著頭露出不解的神情，然後馬上又豁然開朗。「哦，當然，你們是為了王馨儀的事情來的。多可憐啊！那麼好的一個女孩子。」

「她是你的女朋友？」

「我恐怕你弄錯了，我們只是普通朋友，她的死我很難過，我真搞不懂是誰那麼狠心做出這種事。」他嘟著嘴說，臉上的悲傷和聲音一樣渾厚而飽滿。

「我聽到的好像不是這樣。」Andy彬彬有禮的設下陷阱。

「你聽到的是什麼？」他瞪大眼睛，隨時準備好要大吃一驚。

「王馨儀不是什麼好女孩子，你和她也不是普通朋友關係。」Andy故意停頓一下，用手勢去加強語氣。「是你殺了她！」

這一句話似乎突然戳中了他的死穴，他雖然沒有當場變臉、勃然大怒，但斯文有禮的態度已經開始褪色，一雙小小眼睛綻放出毒蛇般狠毒的光芒，我似乎還可以聽到毒蛇吐芯的嘶嘶聲。

「這麼荒唐的事你們哪聽來的？」

「很高興你不再裝可愛了。我們有我們的消息來源，或許你可以幫我們澄清一下？」Andy不怕他不上鉤。「要不要談談尋夢園聊天室？」

根據江警官交給Andy的資料，張俊宇是王馨儀第三個男朋友，還好也是名單上的最後一個。張俊宇在一間叫「訊思」的網路公司做業務。星期二下午，我們約在信義區君悅飯店的大廳，他一身西裝筆挺跟周圍環境搭調得不得了，我和Andy則有點格格不入。

「我和王馨儀真的只是普通朋友，偶爾會在聊天室裡聊聊天。在哪個聊天室啊？尋夢園？反正，我和她不熟。」他俯身向前，用他最甜蜜、最有煽動性的聲音說。但是他的笑容已經搖搖欲墜，只能說勉強掛在臉上而已。

「這樣啊？那就有趣了。」Andy說。「怎麼認識她的？」

他停頓了一下，像是納悶地挑挑眉。「我還真想不起來了，大概是哪個朋友介紹的吧！」

「你的記性不好，嗯？」Andy舒適地往沙發陷下去。

「聽著，朋友，」他最後一點殘存的笑容也漸漸從臉上消失。「你很不懂禮貌。我根本用不著跟你們報告這些，我不是笨蛋，你們根本不是警察！」

「你可以不用告訴我們任何事，」Andy還是那副慵懶樣。「不過要是你聰明的話，你會告訴我們的，你以為我們在給你找麻煩，但事實上麻煩早就找上你了。想擺脫掉這個麻煩，最好配合點。當然，如果你是無辜的話。」

「你到底要幹嘛？」

「要你乖乖回答問題。上星期六下午你在哪？」

「怎麼？我是嫌疑犯嗎？」

「你當然是。我以為你早就知道了，你沒我想的聰明嘛！」

張俊宇恨恨地咬咬牙，從嘴裡擠出一大串話。「媽的！你這個混蛋！我沒殺王馨儀那個騷貨。我和她在尋夢園聊天室認識沒錯，我在那邊勾搭上她，想找人一夜情。怎麼樣？滿意了嗎？我有女朋友，有正當職業，但我偶爾也會想來點不一樣的，給生活找點刺激，調劑一下。你可以不苟同，但我沒殺人就是沒殺人！上星期六下午我在幹嘛？我記得我陪女朋友在逛街，Sogo百貨。媽的！你們可別找她求證！你們會毀了我的生活。」

「買了啥？」

「她買了一件洋裝，我買了一件襯衫，不是這件。」

「發票留著嗎？」

「老兄你會不會太過分了？我他媽的哪知道發票到哪去了？我從來不對發票的。」

Andy聳聳肩。「沒關係，我也從來不對發票。『灼熱的憤怒』這個名字，有印象嗎？」

「沒有，那是哪個牌子嗎？」他面無表情。

「不重要，」Andy說，「反正百貨公司買不到。」

某時，某地……

他獨自一人坐在房間裡，所有的燈都暗著，只有筆記型電腦的螢幕閃爍著微光。他從搜尋引擎進入尋夢園聊天室。

性別：男。來自：台北。暱稱：大醉一場。

聊天室裡人聲鼎沸，男生一百四十九人，女生八十七人。他花了點時間尋找Angel，她在線上。

他從上個月開始在聊天室窺伺Angel的一舉一動。網路是一個匿名的世界，每一件事都可能是虛假的——離家出走的十八歲美眉可能是留著鬍碴的中年男子，「需要援助的Amy」背後可能是詐騙集團請來的工讀生或是釣魚的網路警察。沒有什麼是確定的，性別可能是假的，年齡可能是假的，故事也可能是編的。其中假得最理直氣壯的，大概就是名字了。

但是Angel有自己的風格，她永遠都是用Angel的名字上線，這替他省了不少麻煩。

一個自己寫的外掛程式，讓他能過濾掉所有無關的發言，只留下與Angel有關的部分，不管是不是私密留言他都可以看得到。這種全知全能上帝般的權力迷惑了他，他逗留在聊天室裡，只要Angel在線上，他就著魔般地窺伺著她。

本來只是個小小的私密空間，只有自己才知道的放縱、出軌，但卻漸漸地擴大、滲透到了生活的每個角落。他知道，他已經回不了頭。

為什麼？Angel不就是個偷情的對象，他有他自己正常的日子要過，說到底，他追求的不就是和她做愛的快感嗎？要跟她做愛只要付五千，甚至她還會給他打折呢！她是什麼樣的女孩，他其實清楚得很，值得在她身上花那麼多時間嗎？

不值得，但他還是陷進去了。數不清和Angel纏綿的夜晚，他早就把Angel當作是他的人。「我有權力，我絕對有。」他心想。

一個接一個好色的傢伙和Angel打招呼。安安，可以聊聊嗎？要援嗎？想看我的大屌嗎？

大部分Angel都不理會，他很滿意。也許她正在看電視，或是在吃消夜，根本沒空回覆。大部分的人也無所謂，反正還有其他八十六個女孩子可以騷擾。

只愛陌生人對Angel的私密留言：「妳是哪裡人？」

Angel對只愛陌生人的私密留言：「台北。」

只愛陌生人對Angel的私密留言：「多高、多重？」

Angel對只愛陌生人的私密留言：「一六〇，四十五。」

只愛陌生人對Angel的私密留言：「三圍？」

Angel對只愛陌生人的私密留言：「32Ｄ、23、32。」

只愛陌生人對Angel的私密留言：「身材很好嘛！要不要出來玩？」

Angel對只愛陌生人的私密留言：「你要援我嗎？」
只愛陌生人對Angel的私密留言：「現在？多少？」
Angel對只愛陌生人的私密留言：「五千。你來接我。」
他怒火中燒地關掉視窗。這已經是這禮拜的第三次了。「這賤貨難道不知道我對她的心意嗎？她真這麼缺錢？」他心想。
他抑制住自己的怒氣，重新進入聊天室。
性別：男。來自：台北。暱稱：灼熱的憤怒。

十五

游了五百公尺蛙式，我爬上岸走進烤箱，躺平在木製的長椅上，盯著自己肚皮上的汗珠發呆。

Andy和我已經見過了一匹狼、一隻猴子和一條毒蛇，王馨儀選男朋友的眼光挺多樣的。「傷痕無數」，或說「灼熱的憤怒」，是不是就在這三個人當中呢？

讀了那麼多的推理小說，雖然猜兇手老是猜不對，但至少我還有點頭緒，碰上這種事情的時候，該用哪些角度來思考吧？

首先，讓我們大膽假設兇手就是「傷痕無數」，同時也是「灼熱的憤怒」。那，我們目前對他的了解有多少？不如嘗試給兇手來個側寫。

他認識王馨儀，而且在尋夢園聊天室出沒，當然。還有呢？他似乎是個聰明的傢伙，懂得用網路的匿名性來隱藏行蹤，還像個老鼠一樣到處換地方上網，可見他不是個沒腦袋的傢伙。

他熟悉網路，而且喜歡那英的歌，不然不會用〈征服〉的歌詞來取名字。年齡呢，介於十八到五十歲之間的男人直覺上比較可能和王馨儀發生一些糾葛，但這也不是絕對。超過四十歲還懂網路的人應該很少，同時又喜歡那英的大概比年過三十五的單身異性戀好男人還稀有，所以，應該可以把兇手的範圍限縮在十八到四十歲的男人。

有了這個範圍，我開始在心裡列出一份嫌疑犯名單，三隻動物理所當然在裡頭，阿智我也加進去，不能忽略他自導自演的可能性。還有誰？阿智的同學張國豪跟李全奇，案發地點「巴黎戀人」的張經理和小瑜，我也把他們加進來，做個偵探不能排除任何或許乍聽之下荒謬的假設。我想了想，又大公無私地把我自己、Andy、江警官甚至連老唐、小堇、婉菁統統都加進來。

我想不出我還漏了誰，我又思考了一遍名單，然後決定把我自己還有小堇刪掉。江警官雖然懷疑我，但這不表示我自己也得懷疑我自己，我可沒瘋到連自己有沒有殺人都搞不清楚。至於小堇，老天，她根本沒聽過這個案子咧！

對照剛剛設定的兇手範圍——十八到四十歲的男人，檢視一下名單，阿崑、Monkey還有張俊宇都在範圍裡面，甚至連我自已、Andy、江警官、阿智、張國豪跟李全奇，還有「巴黎戀人」的張經理統統都在裡面。被排除在外的，只有老唐、婉菁和小瑜。

還真是個不得了的進展。

烤箱裡走進一個大傢伙，穿著布料少到剛剛好遮住鼠蹊部的黑色小泳褲。他炫耀似的拉筋，伸展身上一條條線條完美的肌肉，然後示威性地盯著癱在椅子上像條廢柴的我看。

肌肉大塊了不起啊？我認識一匹狼身上的肌肉搞不好不會輸你喔！要炫耀怎麼不去女子烤箱門口？在這跟我耀武揚威幹嘛？你是Gay啊？

我自已在心裡無聲地對他張牙舞爪了一番，接著我突然發現，他不是要炫耀也不是要示威，我躺著占滿了整張椅子，這個大傢伙只是有禮貌的要我讓一讓。

我羞愧又自卑的起身，離開烤箱用水把身上的汗水沖掉，重新跳進游泳池再來它個五百公尺。

等一等！為什麼是十八到四十歲的「男人」？會不會兇手其實是女人，和王馨儀因為某種關係種下深仇大恨，想一想，殺了她又刻意偽裝成因男女感情關係而導致的殺人事件一點也不困難，反正王馨儀的男女關係很複雜，嫌疑犯隨手抓就是一大把。又或者，王馨儀男女通吃，兇手是個醋勁大發的女人？

如果是這樣的話，我就得把婉菁和小瑜加回來我的嫌疑犯名單，婉菁可能是因為發現阿智和王馨儀有一腿而殺人；而小瑜呢，可能和張經理是共犯，他們有得是機會殺人並且捏造證詞。

亂七八糟！這樣幹好像只是把事情越搞越複雜。

理論上好像說得通，但我就是感覺不對勁。在潛意識裡，我很確定兇手是個男人。但，為什麼呢？

離開泳池，我又習慣性地走向「美依」。

值班的還是那個女孩，或說，是個美眉。今天她穿了件天藍色的短襯衫，大大的笑容如同往常一般掛在她的臉上。

嚼著我的沙拉，我的腦筋還是在案情上轉啊轉。到底為什麼我下意識認為兇手是男人呢？殺人的手法嗎？我不是專家，不過用菸灰缸敲人腦袋，尤其是王馨儀這種女人的腦袋，好像不必是孔武有力的人也辦得到。到底是為什麼？

目擊者證詞！我靈光一閃。誰可能見過兇手呢？「巴黎戀人」的小瑜。

我趕緊拿出我的筆記本翻開，小瑜是怎麼說的？我寫著：「高個子」、「運動風」、「棒球帽」三個字眼，底下還劃了條線，寫上：「她的記憶不可靠」。

好吧！我投降了。

兇手的側寫模糊不清，有沒有其他思考的角度？

動機！我在心裡讚賞我自己。沒錯，動機。每個人做事情都要有個動機。

這麼說好像不夠準確，或許不是每件事都需要動機，比如說我就弄不清最近游完泳，不管肚子餓不餓老是跑到「美依」是有何動機。但是殺人這檔事應該不一樣，總得有個原因。

我查案的動機何在？一開始我是要洗刷自己的嫌疑，但案情這幾天發展下來，其實我已經不太擔心我會被當成兇手。那到底我為什麼不放手，讓警察來做他們分內的工作就好？我捫心自問。

我知道，在內心深處，我認為王馨儀的死我也有責任。

還有Andy，他為什麼陪我一起蹚這個渾水？幫朋友一把？這我相信。打發時間？這我也相信。不過我更相信的是，他需要做點事情，一點不一樣、需要花腦力的事情，來逃避和美雯分手的傷痛。

殺人的動機有哪些？我試著分析。仇恨、錢，還有感情，這是我想到的。在這件案子裡，我感覺不到錢扮演了什麼角色。剩下的，就是仇恨還有感情了。

哪一個是真正的動機？我不知道。或許我還得知道更多關於王馨儀的事情才可能有個猜測。

那，我現在對於王馨儀又知道多少？她父母離異，五專沒畢業，三年前就離家失去音訊，男女關係非常複雜。除了這些，還有嗎？我突然想起Andy跟我說過警方在她的遺物中找到些東西，或許我可以從她隨身攜帶什麼去了解她是個什麼樣的人？翻開筆記本，上面寫著：「面紙、鏡子、梳子、衛生護墊、護唇膏、口紅、眉筆、鑰匙、漫畫王會員卡、錢包、保險套、避孕藥、紫色蕾絲內褲，還有潤滑劑。」

說實在話，看起來不像是個正經女孩子的包包，但仔細看著筆記本上的內容，我心裡油然而生某種「少了什麼東西」的感覺。我盯著筆記本瞧了半天，終於有了答案。

是手機。王馨儀的包包裡面為什麼沒有手機？

離開「美依」回到家已經晚上十一點多，我突然很想打電話給小堇。分手到現在很久了，久到我可以重新以一種「普通朋友」的姿態去關心她而不必覺得扭扭捏捏。但我還愛她嗎？我自己也搞不清楚。但我有時候就是想打給她聊聊天，聽一聽她的聲音。那種感覺是很矛盾的，我想靠近，卻又怕太靠近會把她嚇跑，所以只好刻意保持著距離。我所為何來？這是另一件我想不清動機的事情。

「喂？」小菫的聲音很清醒。

「我阿駒。還沒睡吧？」

「還沒。阿駒，你打來真好，我剛好想到你呢！」

「哦？為什麼？」我刻意冷淡，努力壓抑住開心。

「我昨晚做了一個夢，夢見你有麻煩了。」

不會吧？小菫的第六感這麼強？

「什麼麻煩？」我還是刻意保持平淡的語調。

「我夢見你開車出車禍，撞到人了。你沒事吧？」

我很確定這不是我要的那種關心，不過我可沒得選擇。我告訴她我沒有出車禍，也沒有惹上什麼麻煩。我不想讓小菫捲進這件事裡，有Andy幫我就夠了。

「妳過得幸福嗎？」

「呃，還可以吧！幹嘛這麼問？」小菫狐疑。

幹嘛這麼問？我也不知道，或許是鬼迷心竅。我最近經歷了太多普通人不常經歷的事情，我控制不了自己的腦袋，老是想一些奇怪的事情，問一些奇怪的問題。老唐說的話還在我腦海裡迴盪不去，幸福的定義是什麼？什麼又是不幸福？「你幸福嗎？」其實是個很失禮的問題，而且這樣問根本也不會得到真正的答案。要是別人問我，我大概也只會說：「還可以吧！」我會拿這個問題問Andy或美雯嗎？不會。我自認為我已經知道答案了。我會拿這個問題問王馨儀嗎？我很想，但永遠也辦不到了。

話說回來，誰規定人活著就一定得幸福呢？

我和小堇又聊了大概五分鐘，然後我要她保重，她也要我保重。

「開車要小心，別撞到人。」掛電話前她說。

十六

電話鈴聲響起的時候，我還躺在被窩裡，跟腦子裡亂七八糟的夢境對抗。窗外的天空灰濛濛的，讓人欲振乏力，有股令人想要長睡不醒的魔力。

我接起電話，是Andy。

「還在睡？我過去你那邊，討論一下案情吧！」他說。

我強迫自己起床刷牙、洗臉，換好衣服到樓下便利商店買了三個御飯糰和果汁，上樓把咖啡壺裝滿水和咖啡豆，開始煮咖啡。我把音響打開，放進林宥嘉的專輯，他悠長慵懶的聲音很適合這樣的天氣，這樣的早晨。

「故事發生了便往下了，不管好的壞的。」林宥嘉這樣告訴我。這件案子發生了也找上了我，不管好的壞的都會往下走，我攔不住。

門鈴響起，我打開門讓Andy進屋。他的頭髮凌亂，黑眼圈深刻得像是用筆畫的一樣。我想，他也度過了一個睡不著的夜晚。

「給我杯咖啡吧！」他說。

「早就煮好了等你。」

「我和江警官交換了情報，有幾件事情你一定會感興趣。」啜了幾口咖啡，他放下杯子，吁了一口氣跟我說。

「什麼事？」我也給自己添了杯咖啡。

「還記得『傷痕無數』上網的網咖？」

當然記得。他在台中的網咖註冊帳號，委託我任務的時候，人在板橋的網咖。

「警察調查監視器畫面有收穫了？」

「不，監視器畫面沒看出什麼，多數店家不會保留那麼久以前的畫面。不過，有個很有趣的巧合。板橋的那間網咖，」他重新端起手中的咖啡，戲劇性地停頓了一下。

「是位在文化路的戰略高手。」

「阿崑打工那間？」我口中的咖啡差點噴出來。

「沒錯。」他面帶滿足的微笑，看著我狼狽的蠢樣。

這個巧合非常引人深思。阿崑可能千里迢迢跑去台中註冊了一個帳號，但是要逮到我上線，可就沒那麼容易了，我不是每天閒閒沒事都掛在ＭＳＮ上。說不定他最初計畫去花蓮還是台東還是管他什麼鬼地方派任務給我，只是運氣不好沒遇上我，最後只好在自己打工的網咖裡面冒險跟我聯繫。他也許覺得反正網咖人來人往，沒道理會懷疑到他身上。

我把這個推論告訴Andy，他不置可否。

「這是一種理論，目前看起來說得通的理論……」他欲言又止。

「你剛剛說，有幾件事情我會感興趣。這是一件，還有呢？」

「另一件事關於張俊宇。他在哪上班你記得嗎？」

「一間網路公司，叫……」我翻看筆記本，「叫訊思！」

「沒錯，那你記不記得，還有個人也在網路公司上班？」

「誰？」

Andy雙手捧起咖啡杯，身體往沙發後一靠，不疾不徐地說：「一切的起點，阿智。」

阿智！我努力回想，我記得他是透過網站找上我的，我們透過ＭＳＮ溝通細節，還透過電話對了Key，他是個做事很小心的人，打字打得飛快，這是我對他印象深刻的地方。但他有沒有說過他在網路公司上班？好像有，又好像沒有，畢竟那已經是好幾個月前的事了。

該不會阿智工作的網路公司，就是訊思？

「不，巧到這種程度就太超過了。」Andy說，臉上露出了一抹詭異的微笑。「張俊宇畢業後換過四份工作，第一份在軟體公司做產品經理，第二份在賣伺服器，第四份則是在訊思賣網路安全的解決方案。」

「解決方案？」

「嗯，Total Solution。以前大家賣的都是產品，後來學聰明開始改賣解決方案。這玩意兒看起來像是產品，用起來也像，不過卻貴得多。」

我不理會他的尖酸刻薄。「你的重點在哪？」

「重點是我剛剛跳過去沒說的。他的第三份工作，同樣是賣網路安全的玩意兒，不過是在一家叫『博晟科技』的公司。要不要猜一下，阿智上班的公司叫啥？」

「就叫『博晟科技』？」

「賓果！」

警察果然是有一套，有些調查工作還是得他們來做才行。像這種掀人底細的事情，Andy和我是無論如何沒辦法查出來的。

這個新發現，又給了我們什麼啟示？

「所以，也許張俊宇以前在博晟科技就認識阿智，即使換了工作還是與他有來往。他從阿智那邊聽說了我的情歌快遞服務，所以就設計讓我來發現屍體。」我遲疑著把自己的推論慢慢說出來。

「為什麼？為什麼需要你來發現屍體？」

我怎麼會知道？不過我的推論少了這部分就不完整了。「也許，這樣可以確保屍體被發現的時間，幫他建立不在場證明？」我猜測道。

Andy摩擦著他的臉頰，沉吟著：「嗯，不能說沒有可能。我記得你提過房間裡的冷氣很強……所以死亡時間事實上不像是我們想得那樣，在上星期六當天下午？兇手試圖用冷氣來混淆死亡時間，冷氣會減緩屍體腐敗，所以王馨儀是在更早之前就死了？」

我啞口無言。當個隨便亂猜測的華生簡單，但真的要把這些猜測邏輯嚴謹地兜起來變成真相，那可就是福爾摩斯的工作，看來是超過我能力範圍了。

現在我們有兩個巧合，分別推導出兩種不同的故事、兩個不同的兇手。這意味著什麼？很簡單，意味著我們的推導大有問題。

Andy也不打算為難我。「你接下來打算怎麼查下去？」

「也許，和王馨儀的父親見個面，多了解一些王馨儀。然後，我打算和阿崑還有張俊宇再談一次。」

Andy再次露出那種欲言又止的表情，彷彿我的方向大錯特錯了。

「你認為我的方向不對？那你打算怎麼繼續進行？一直以來都是我提出我的推理，我當然知道有很多漏洞，不過至少是一些想法。」我有點不爽。

「我的確有一些不同的想法，或許有點瘋狂，但……」他又陷入沉思，自顧自的發呆起來，好像我不存在一樣，我不曉得該不該打擾他。

幾分鐘以後，他彷彿大夢初醒一樣對我說：「我想，或許我們該分頭進行調查。你有一些想法，你可以去查證。我也有一些想法，我想去確認。」

「這不公平！你可以先把你的想法告訴我嗎？」想甩開我自己進行調查？太過分了吧！

「現在還不是合適的時機。太多的不確定性……我還需要多一點時間……」他好像在夢囈一樣。

「猜測也好，你可以先說出來我們討論一下啊！」我不死心。

「不，現在說出來搞不好會……不，不行！」他斷然拒絕。

「你知道你現在是什麼德行嗎？就好像本格推理裡面那些高傲的神探，老是什麼都不肯講，非要等到屍體一具接一具出現才懊惱落後兇手一步。混帳！分頭調查就分頭調查，我不相信我查不出有用的東西來。」我真的氣到了。

十七

今天是個好天氣，跟那天一樣。

距離王馨儀頭破掉躺在浴缸那天，已經整整十二天了。這個案子終於在所有的媒體裡銷聲匿跡，無論是電視、報紙、網路、八卦雜誌……再也找不到有關這個案子的任何報導或猜測，乾乾淨淨、不留痕跡得會讓你懷疑起這一切是不是一場夢？夢醒了，所有一切回到原點。

但看不到痕跡不代表痕跡不存在，某些人的生命的的確確因為這個事件而被徹底改變，我算是一個，王馨儀的爸爸也是一個。

他的頭髮斑白、眼窩深陷，長長短短的皺紋爬滿了整張臉。依據王馨儀的年齡推算，他應該頂多六十歲，但看起來卻老了十歲也不止。一件明顯不合身的白色Polo

衫，加上油膩膩的灰色西裝褲，腳上踏著已經看不出來原本顏色的骯髒球鞋。他很瘦，簡直到了弱不禁風的程度，Polo衫穿在他身上好像掛在衣架上，風一吹來，你會有一種他馬上就要被吹跑了的錯覺。

他就那樣倚著門站著，彎著腰、駝著背，好像肩膀上的枷鎖隨時會把他壓垮。他先咳了兩聲才說：「先生你找誰？」我開始擔心他隨時會咳出血來。他的姿勢像在宣告他的悲痛，但你可以從他眼睛裡看到除了悲痛以外，還有一些別的東西。

我小心翼翼地告訴他我的來意，生怕他會用力把門摔到我鼻子上。不過他沒有，他停了幾秒，像是在想該怎麼把我打發走，然後搖搖頭嘆了一口氣說：「進來吧！」

我跟在他身後進去屋內，轉身把門關上。

這是間大概三十坪的小公寓，每件東西看起來都很有點歷史。34吋的CRT電視機，放在對這間公寓來說尺寸嫌太大的木製酒櫃上，上面密密麻麻滿布著新鮮程度不一的刮痕。酒櫃裡沒有酒，一格一格亂七八糟的擺了好些不知所云的紀念品、相片，還有幾張泛黃的獎狀斜斜地躺在裡面。皮沙發因為缺乏保養，已經龜裂得令人心碎，壁紙從角落漸漸開始剝落，地上散落著東一堆、西一堆雜物。厚厚的窗簾搖晃著昏暗的光線，日光燈閃啊閃，空氣中瀰漫著一股病懨懨的味道。

很明顯，這是間很久沒有女主人的屋子。

他請我坐在沙發上，幫自己和我各倒了一杯茶。

「先生怎麼稱呼？」他先開口。

「王伯伯，我姓白，是……呃，是馨儀的朋友。」我遲疑了一下，沒有把警察那套搬出來。

「謝謝，馨儀很少帶朋友回家的。」他沒有看我，兩眼平視著前方，穿透了酒櫃和牆壁，焦點定在遙遠的一個點。

我不知道該接什麼。他沒道理謝我，就好像我沒道理來這裡打擾他。尷尬的氣氛一下子瀰漫在公寓裡，但我馬上發現這只是我自己的錯覺，尷尬不存在，因為他其實沉浸在自己的思緒裡，根本沒在意我。

過了幾分鐘吧，但我感覺好像有幾個小時那麼長，終於他放下茶杯起身，打開酒櫃的玻璃門拿出一個相框，用手抹了抹灰塵，遞過來給我看。

三個人在照片裡。

一個小女孩坐在椅子上睜著大眼睛，左邊站了二十年前的王伯伯，右邊是個漂亮女人，眉目依稀有王馨儀的影子，皮膚很白，梳了一個該是當時流行的髮型。

三個人都在笑，笑得好開心。

「馨儀是個好孩子，很乖很聽話。」他悠悠地說。

「伯母呢？」我鼓起勇氣，扮演一個討厭鬼。

「早就走了，不要我跟馨儀了。」

「和她還有聯絡嗎？」

「好多年囉、好多年囉！」他搖搖頭。

「所以馨儀很早就沒有媽媽。」

「嗯。」他點點頭，眼睛空洞地盯著那張照片。「如果她媽還在的話，如果她媽還在的話……或許事情就會不一樣了。」

為什麼會不一樣？

我不懂，但卻也不知道該怎麼繼續問下去。

「馨儀她媽在她小學的時候就離開了我們，跟人跑囉！馨儀少了媽，我也少了老婆。」

一旦打破了沉默，他就開始絮絮叨叨唸著馨儀的媽有多好、多好，失去她對他們家有多大的影響，他獨自一人扶養馨儀又是多麼的不知所措。「你知道嗎？馨儀第一次月經來潮的時候，我完全慌了手腳，面對那攤殷紅怵目的血漬，我不知道該怎麼面對馨儀恐懼和疑惑的眼神。」

「可是最後你還是成功走過來了。」我幫他打氣。

「我成功了嗎？成功了嗎？」他喃喃自語，眼神又重新變得空虛不可捉摸。

「馨儀和你一定很親吧？」我等了半分鐘，看他又變成了個啞巴，半點反應也沒有，只好問點問題，看能引起什麼漣漪。

「你說什麼！」結果引起的可不只是漣漪，他像觸電一樣地跳起來。然後，好像又突然察覺自己的失態，抓抓頭不好意思地坐下來，視線低低地看著茶几上的污漬。

「我和馨儀是很親，或許是太親了……」他聲音越來越小，我必須要傾身向前才勉強聽得清楚。屋外的人聲、車聲變得好明顯，待在這個房間裡，陪著一個既傷心又畏縮的父親，就好像掉進了異次元，我渾身不舒服，開始盤算還要多久才能離開這個鬼地方，重新回到外面那個喧囂但有活力的正常世界裡。

「我還記得有一次，馨儀那時候剛上國中。」他繼續用比蚊子叫大一點的聲音叨唸著。「那是個夏天的傍晚，跟現在差不多，陽光還在，天氣很熱。馨儀穿著國中制服，淡青色的短袖襯衫加上裙子。那天我剛好休假在家，馨儀放學回來，一到家我就發覺不對勁。」

我專心地聽著，眼睛盯著他動也不動，閃爍的日光燈在他蒼老的臉上投下變幻的光影，像在他的臉罩上一層詭異的面具。

「那時候我跟馨儀相依為命好幾年，她的情緒我摸得一清二楚。一看到她臉上的表情，我就趕緊上前問她怎麼啦？學校發生什麼事了？」他好像陷進了回憶裡，頭低低的看也不看我，講話的口氣就像是個慈祥的單親父親在關心女兒。

「她不回答我，只是紅著眼眶扁著嘴，倔強的樣子讓人好心疼。我跟她說別怕、別怕，是不是有人欺負妳了？告訴爸爸！我幫妳教訓他！可是她只是拚命搖頭不講話，我也不知道該怎麼辦，只好在旁邊不停地好說歹說，想知道到底她受了什麼委屈。然後她終於忍不住了，衝過來抱著我嚎啕大哭。我更慌了手腳，只好拍著她的背一直跟她說：『沒事的、沒事的，有爸在。』她死命的摟著我大哭，我幾乎要喘不過氣來。」

他停了一下，好像不知道該怎麼繼續說下去。

「就在那個時候，老……老天爺，我有了……有了反……反應。身體上的反應。」他的頭更低了。

「難免。」我吞了一口茶，努力不讓我的驚駭洩漏到語氣和表情裡。

「是這樣嗎？她就在我懷裡不停地哭泣，貼著我胸膛緊緊地，我只穿著汗衫和短褲，她的身體緊貼著我，樣子讓我想起了她媽，我……」他好像想要辯解，又好像在自責。

「這是正常男人都會的，有些人每天早上穿褲子的時候都會勃起。」

「可是我不只是這樣，我自己清楚。沒了老婆那麼久，馨儀又那麼像她媽，那麼的青春洋溢，我……」

「別自責了。」我制止他繼續下去。

「我突然間看到了自己內在的另一面，禽獸的那一面，而且真的被嚇到了。我趕緊把馨儀推開，她臉上的表情很複雜，我不知道她感覺到了沒有？一定有的，一定有的……就隔著條短褲……」他好像快哭出來。

「後來呢？」

「後來她就回到房間，鎖著門不肯出來。」他嘆了一口氣。「那天之後，馨儀和我之間的關係就變了。我不敢靠她太近，她似乎也察覺到我態度的轉變，再也不跟我分享她的心事，我和她的關係越來越疏遠。」

「我青春期的時候也是這麼陰陽怪氣的。」

「謝謝你，不過我知道不一樣。她的成績從此一落千丈，最後只考上了專科，她成績原本很好的，我起先還指望她唸北一女。上了專科，雖然學校也在台北，但她堅持要搬出去住，甚至跟我吵了一架。我因為心裡有鬼，最後也順著她。馨儀搬出去之後，我才好後悔，因為我發現我真的失去她了。她就像斷了線的風箏，從來也不會給我打個電話，只有半個月、一個月會突然跑回家拿錢，每次都是拿了錢就走，門外頭總是有些男生在等她，摩托車的引擎甚至都不熄火，拿完了錢她就上車呼嘯離開，這個家好像一點也不值得留戀。先是她媽，後來是馨儀，她們都選擇離開我，本來好好的一個家，都是我搞砸的，都是我搞砸的……」他越說越難過，終於掩面哭了起來。

離開王馨儀家，或說曾是王馨儀家的地方，我大口大口地吸著外面算不上新鮮但總還算是有朝氣的空氣，希望把肺裡的腐朽和痛苦趕出去。

這個世界在十二天前失去了王馨儀，但對王伯伯來說，他在那個傍晚就已經失去了他的女兒。

現在我終於知道他眼裡除了悲痛之外的東西是什麼了，是深深的悔恨，以及纏繞了好多年的罪惡感。

十八

我開車去板橋，打算近距離再觀察一下阿崑。我不喜歡他，所以我就決定多花點時間調查他，好像這樣他就真的會變成兇手似的。這就像是刻舟求劍，或是路燈底下找鑰匙一樣，我當然知道很不理性。自從和Andy分頭調查，本來我還覺得滿有頭緒可以查下去，但昨天和王伯伯談完以後，我好像突然一下子全沒了靈感，無以為繼了。

不知道該謝誰，那就謝天吧！不知道該查誰，那就查我最不喜歡的傢伙吧！

高架橋上車來車往，我抬頭看看天空，跟昨天一樣是個好天氣，或許也會是個適合盯梢的天氣。車窗外政府立的ＬＥＤ看板忽然吸引了我的眼光：本路段七月份車禍死亡人數３人，全年累計18人，請減速慢行。小堇前天要我小心開車，別撞到人；今天我突然注意到這個平常不曾留意的ＬＥＤ看板。我知道是巧合，但可惡，我心裡還真有點毛起來。

一個月死三個人，一年就是三十六個，這還只是這個路段，全台灣一年會有多少人死於車禍？應該好幾千人吧！

好幾千人的死亡，和我心裡頭這個只有一個人死在汽車旅館的案子，哪個比較沉重？誰都知道當然是好幾千人的死亡。但很奇怪，為什麼王馨儀的案子最近變成我的生活重心，在我心頭的分量沉重無比？理論上來說，如果我這麼關注死亡的問題，應該為了每年幾千個車禍死亡的人而痛苦萬分，大聲疾呼請大家遵守交通規則。但實際上，我根本漠不關心，直到今天才偶然地注意到、思考到這個數字。

很奇怪嗎？其實我知道一點也不奇怪。

到了板橋文化路，我放慢車速彎進巷子，邊小心別撞到人，邊找停車位。

如果能夠在戰略高手對面找到停車位，那就太理想了。我可以坐在車子裡盯著戰略高手，聽著音樂、吃著熱狗，阿崑有任何動靜都逃不過我的眼睛，而且還不必擔心被發現。電影都是這麼安排的。不過在台北市，若想要在你希望的地方找到停車位，那你必須有中樂透的運氣才行。

我在離戰略高手幾條巷子的地方找到了車位，運氣不錯。停好了車，我抓了頂帽子和筆記本下車。

戴著帽子、手插在口袋，我壓低帽簷，刻意改變走路的姿態，慢慢踱向戰略高手。我的變裝當然是很粗糙，不過阿崑和我只見過一次面，注意力又都集中在Andy身上，況且我本來就沒打算和阿崑正面硬碰硬，應該問題不大。想到他的髒話連珠炮我就頭痛，加上今天沒有Andy的伶牙俐齒護身，我想我還是在暗處盯梢就好。

離戰略高手二十公尺的地方，我停下腳步。網咖的玻璃很黑，不過我趁著有人進出，自動門打開的瞬間，確認了現在值班的的確是阿崑這匹豺狼，運氣還真是不錯。

現在的問題是，我該在哪裡盯梢？站在街角不但顯眼，而且也很累人，我四下掃描了一下，賓果！有間小小的泡沫紅茶店，門口的桌子是空著，坐在那邊剛好可以清楚看到戰略高手。我想我的運氣大概距離中樂透只差一點點。

我點了杯茉香奶茶加珍珠，中杯半糖去冰。拿著飲料我謹慎地選擇座位調整角度，嘴裡咬著吸管，雙眼緊盯著戰略高手門口。

接下來呢？我小心翼翼地控制著喝奶茶的速度，每一顆珍珠都用門牙、犬齒和臼齒確認過Q度才慢慢吞下去，竭盡所能的拖延時間。我知道我有可能得在這裡坐上很久，一杯接一杯大口喝奶茶不是個聰明的辦法，會變胖不說，我可能還會在緊要關頭想上廁所，壞了大事，所以一定得用最慢的速度喝奶茶。

在電影裡盯梢是件簡單的事，現實生活可完全不是那麼回事。

重點是，我盯梢到底想看到什麼？

上一次和阿崑碰面的時候，似乎他還有個女人是不想說的，只是不小心說溜嘴。當時Andy沒多表示什麼，不過我看得出來他留上了心。這個還沒曝光的女人會不會就是兇手？因為爭風吃醋而殺了王馨儀？或許阿崑這個反常的舉動正是破案的關鍵。

如果他真有個女人，那麼她很有可能會來找他，也許他們兩個人會一起離開，那我就可以跟蹤他們。到時候我的變裝能不能幫助我隱藏形跡，就變得很重要了。

慢著！萬一他們是開車離開呢？我想應該是不會，阿崑在網咖上班的薪水扣掉這裡的停車費，恐怕就沒剩多少，他應該不至於這麼傻。不過話又說回來，他有拉皮條的外快，說不定其實手頭寬裕得很，更何況車子可能是她開來的，她今天特地來接阿崑下班。不過話又說回來，就算他們是開車離開，我也可以一路跟蹤到停車的地方，確認車號，之後再來想辦法請江警官幫忙追蹤。不過話又說回來，追蹤到了車子是屬於阿崑或是某個女人的，又能證明什麼呢？和王馨儀的案子有什麼關係？不過話又說回來……

我停止腦中的胡思亂想，重新專注在戰略高手門口。今天網咖生意不錯，不時有人進進出出的，在我這個角度看不到櫃檯，不過我想阿崑應該還坐在裡面。茉香奶茶加珍珠還有半杯，我看了看手錶，才過半個小時，雖然感覺已經過了很久。

一直緊盯著好像也不夠聰明，這樣不但容易累，而且也容易無聊。我把筆記本攤開來，邊繼續用眼角餘光瞄著戰略高手，邊開始回憶起這個案子每一個已知的細節。

案子進展到現在，到底有哪些嫌疑犯？我再一次注視手上的嫌疑犯名單。阿崑、Monkey、張俊宇、阿智、張國豪、李全奇、張經理、小瑜、Andy、江警官、老唐，還有婉菁。一共十二人，十男二女。

我想了想，用筆加上了王伯伯還有「阿崑的秘密情人」，又把Andy、江警官、老唐劃掉。現在這個被劃得亂七八糟的名單上變成十一人，八男三女。

不對！「阿崑的秘密情人」只是我的推測，有沒有這個人存在都還沒被證實，放在嫌疑犯名單上似乎太早了點，劃掉。

好了不起唷！我弄了半天，就只是把這份名單上的名字寫上又劃掉，圈起來這個又在另一個名字下劃上底線。名單一會兒長、一會兒短，塗塗改改搞得熱鬧非凡，但我距離真相更近了嗎？

我把這一長串的名單圈起來，底下用大字寫上「嫌疑犯」，然後旁邊再寫上王馨儀的名字，還有大大的「被害人」三個字，接著再找個空間寫上大大的「我」。三組人馬，嫌疑犯、被害人，還有我這個被設計去發現屍體的倒楣鬼。

我把嫌疑犯和被害人間用一條線拉起來，旁邊寫上「動機？」，接著再把被害人和我之間用條線拉起來，寫上「認識？」，然後輪到嫌疑犯和我之間，同樣拉條線，我寫上「陷害？」、「希望我阻止？」、「警告？」、「誤導死亡時間？」幾個字，再賭氣地補上一個大大的問號。

好啦！現在我的筆記本更熱鬧了，除了塗來改去的名字以外還有一堆線條、圈圈和問號。但還是那個老問題，我距離真相更近了嗎？

珍奶喝完了，我猛然驚覺到自己已經忘了繼續盯著戰略高手好幾分鐘。會不會阿崑正好在這段時間離開了？我今天到目前為止運氣都不錯，可千萬不要在這個關鍵時刻盯丟了人。

慌慌張張地結了帳，我偷偷摸摸移動到一個看得見櫃檯的角度。有個穿著制服的女孩剛好要進門，在電動門打開的那一瞬間我趕緊確認阿崑還在不在。

混帳！坐在櫃檯的人已經換成一個髒兮兮的高中生！

阿崑什麼時候離開的？真這麼巧就在我注意力放鬆的幾分鐘裡？

我開著車子離開板橋，懊惱的情緒慢慢平復下來。其實我清楚得很，這整個盯梢行動本來就是個缺乏計畫的莽撞之舉，失敗是必然的。就算我眼睛一直不離開戰略高手門口，我又怎麼知道戰略高手沒有一個後門，阿崑下班可以從那邊離開？

仔細想想，盯上阿崑的理由其實也很薄弱，純粹只是個人的一廂情願罷了。

這個失敗也許是件好事，讓我學到之後行動前必須思考清楚，才能期待有收穫。阿崑這邊反正他都在網咖值班，要找他有得是機會，也許我該把時間花在其他的嫌疑犯上。但該怎麼行動呢？

偷偷的盯梢？我看算了吧！連感覺最容易盯梢的阿崑我都失敗，盯梢根本不是個好選擇。

直接衝過去找Monkey或張俊宇問話？這個辦法最直接，但效果也許最差。首先，我還能問些什麼呢？再來，得到的答案，我又該怎麼確認是真是假？謀定而後動，我在心裡告訴自己，這次可不能再魯莽行事了。

突然間，我有了靈感。

左手扶著方向盤，右手從口袋裡掏出手機，我眼角餘光瞄著聯絡人清單，單手摸索著按鍵撥出電話給Monkey。

好像有條法律禁止邊開車邊講手機，不過只要你在台灣住得夠久，就可以判斷得出來，哪些法律你必須要遵守，哪些根本不必理會。

「喂？」

「Monkey嗎？我姓白，前幾天在廟前的麵攤和你碰過面。」

「大哥，我記得你。白警官嘛！」或許是我心虛，他的聲音聽起來透著一股揶揄的意味。「有什麼我能效勞的地方嗎？」

「有個差事給你。見面再詳談吧！你現在在哪邊？有空嗎？」

某時，某地……

她知道了，最後她終於還是知道了。

其實他的心裡，早就明白不可能永遠瞞住她，他有時會想像著事情發生的那一刻，該如何面對她？但等到那一刻真的來臨，他還是手足無措。她瘋狂似的雙手握拳猛捶著他的胸膛，一半的他試圖抵擋，好言相勸要她冷靜下來，但搜索枯腸卻找不出任何說法來合理化自己的行為。同時，另一半的他冷眼旁觀這一切，為自己的無情感到吃驚。

「為什麼要背叛我？」她披散著頭髮，紅著雙眼，嘶吼著質問他。

是啊！為什麼？他也說不出來。只是呆呆看著她，好像她的臉上可以找到答案。

「難道你不知道這樣傷我很深？」她恨恨地大聲問道。

他知道，他當然知道。

「你說！我哪裡對不起你？」

她沒有對不起他，是他對不起她。

「你說啊！你是啞了嗎？」

他到底該說什麼？連他自己都開始對自己生氣了。

「我恨你，我恨你，我恨你！」像是要發洩掉所有的痛苦，她伸手用力一揮，把茶几上的花瓶往他身上扔過去。他往旁邊閃開，花瓶碰到地板砸個粉碎。

她轉身走出門，背影不停地顫抖，看起來既嬌小又無助。他想衝過去把她拉回來，但卻又猶豫了。他該怎麼跟她解釋這一切？他還是弄不清楚。她的背影突然停了幾秒鐘，像是也在猶豫，然後，她一跺腳，繼續堅決地往前走。

在他舉棋不定的時候，她就這樣一步步地離開他的視線。他知道，這可能是最後一次看到她了。

看著一地的狼藉，他拿出吸塵器把花瓶碎片清乾淨，除了打掃，他還能幹嘛？他坐下來打開電腦，連上網路，進入聊天室。

性別：男。來自：台北。暱稱：灼熱的憤怒。

Angel在線上。

他思考著到底要跟她聊什麼？想著要不要約她出來？然後，他看見了個暱稱叫「暗夜一匹狼」的傢伙正在跟她私密對話。

不到三分鐘，他跟她就談好了價錢和時間，他會開著車去接她。

一股恨意像是種子在腦子裡面發芽，嫩芽不停地鑽啊鑽，想要鑽出腦殼，他頭痛得不得了。

他用力握緊拳頭，用力到指節都泛白了，然後猛力一拳打在牆壁上。鮮紅的血從他的指關節開始汩汩流出，滴在地板上。

他盯著電腦螢幕，知道自己一定得做些什麼……

十九

兩天了，距離上次跟Monkey碰面，已經整整兩天了。這兩天我每天都在等他電話，不過老天爺很愛吊人胃口，有些事情你越期待，它就越不會發生。

晚上睡覺不敢關機不說，出門一定帶著手機，還隨時拿出手機確認訊號好不好？就連洗澡也是豎直耳朵，一出浴室馬上查看是否有未接來電，簡直就像是熱戀中的情侶，忐忑不安地等待對方的電話。

游泳也不敢去了，免得錯過了他的來電。寫歌的狀況也差不多慘，我瞪著〈逃亡天使〉的初版兩天，試圖把這首歌好好整理整理，修改一番，但腦子裡卻不停迴盪著那英的〈征服〉。弄到最後，我連一個音符、一個字都沒有修改。

每次手機一響，我就得經歷一次「興奮」然後到「失望」的心路歷程。「不好意思，我最近比較忙，暫時不接工作。」、「你們去吧！我不想出門。」、「不，我不是阿光，你打錯了。」……

這段時間裡面，Andy也像是人間蒸發，一點消息也沒有。我想過主動打電話給他，但一想到那天的不歡而散，我就把已經掏出來的手機又放了回去。

無聊的日子特別適合自我懷疑，我不只一次地問自己，現在這個調查方向是不是大錯特錯？下次接到Andy電話，會不會聽到他得意洋洋地宣布破案？如果我是Andy，又會怎麼樣繼續調查下去？

打開電視，我隨意地亂轉著頻道。我跳過一堆偶像劇、日劇和韓劇，再跳過好些不知道笑點在哪的綜藝節目、罵得激昂亢奮的政論節目，停在電影台，但每一部電影都沒辦法讓我停留超過五分鐘。

我對著電視生氣，然後又決定自己對著電視生氣實在是太神經了。

關掉電視，我決定出門走走。

不知不覺地，我把車開往北投，也許我的潛意識告訴我，和老唐打屁抬槓對我現在的心情很有幫助。

店裡還是一如往常空無一人，老唐也還是坐在老位子，手捧著一本書啃得津津有味。我瞄了一眼，《亞半球崛起》。

「你知道嗎？西方人只占全球人口的12％，但卻主導了全球六十幾億人口的命運，根本就不符合西方國家一直向外推銷的民主精神。」他放下書跟我說。

「好過分。」

「而且，聯合國安理會為什麼老是被這幾個常任理事國綁架？這幾個國家根本就是古早古早二次世界大戰之後的強權，現在強權早就換人做，但安理會卻還是食古不化。你相信嗎？從來沒有新的國家加入安理會！」

「好過分。」

「亞洲人其實占全球人口大多數，而且曾經有過很輝煌的歷史。現在這種西方主宰的全球情勢，其實只短暫地出現在近百年而已，我們卻理所當然的接受了。」

「好過分。」

「你可以再敷衍一點啊！」他賞給我一根中指。

很奇怪，和老唐這麼一比一鬧，我的心情反而奇妙地放鬆了下來。我拉了張椅子坐在他面前，開始跟他報告王馨儀這個案子近幾天的發展。

「你有什麼看法？」跟老唐簡述完，我托著腮，漫不經心地問他，也沒真期待什麼驚天地、泣鬼神的答案。

「我能有什麼看法？我只是個開樂器行的，又不是啥神探。」老唐邊打著呵欠邊說。

「賣樂器的也能有看法啊！現在Andy和我分道揚鑣了，我想聽聽別人的意見。你沒當過神探，總讀過偵探小說吧？」

「是讀過一些。福爾摩斯、亞森羅蘋，還有個搞藝術的傢伙，叫啥凡斯的。」

「斐洛凡斯。」

「對，就是他。他的故事有點意思，我印象很深刻。他把犯罪比做了藝術作品，就好像一幅畫。每個畫家都有自己的風格，夠格的藝術鑑賞家不需要看到作者的簽名，就可以知道作者是誰。同樣的，每個犯罪者的手法都有自己的個人風格，夠格的偵探可以輕易地辨別出來，知道『作者』是誰。」

「的確是有點意思。」我不置可否，不過老唐的話確實隱隱觸動到我。

電話鈴聲突然響起，打斷了我的思緒。

「大哥，我Monkey啦！你交代的事情搞定了。半個小時後，光復北路和南京東路交叉口見。快點來！遲了我可沒辦法了。掰掰！」

「喂，等……」我對著已經掛掉的手機著急卻徒勞地喊著。

好，半個小時趕到光復北路和南京東路交叉口，這傢伙真會給我找麻煩。我草草跟老唐道別，火速離開北投。

二十

我躲在巷口的陰影裡，注視著Monkey的背影。他穿著一件短袖襯衫，下襬綹綹地拉出來放在泛白的牛仔褲外面，頭上這回沒戴棒球帽。

站在路口附近一間鐵門緊閉的車行門口，他頭上那盞路燈壞了，在他四周繞著一片相對陰暗的角落。他緊張地左顧右盼，兩隻腳不停地交換著重心。接著他從懷裡掏出一盒菸，抽出一支叼在嘴上，再從口袋裡掏出打火機，準備把菸點上。突然之間，我發現他的動作停了一停，然後才又繼續。我順著他的目光，找到了從另一頭慢慢走過來的阿崑，他穿得就像是剛從工地挑完磚頭趕過來，骯髒但卻又極度強調身上的肌肉線條。他慢慢接近Monkey，Monkey卻還在左顧右盼，裝著沒見過阿崑的樣子。

演得好啊！小子。

阿崑越來越接近，Monkey也轉頭裝出剛注意到他的樣子，兩人的視線碰在一起，接著都小心地四下張望，然後視線又重新對上。

阿崑走到Monkey身邊，他腳步不停，到Monkey面前的時候開口了。「吳先生？」

Monkey點了點頭。

阿崑繞過Monkey繼續往前走，一邊說：「跟我來。」

「等……等一下。」Monkey一把抓住阿崑。

「幹嘛？」阿崑說，帶著點不滿。

「我總得知道小姐的素質嘛！」Monkey滿臉堆笑。

「電話裡不是跟你說過了？奶子很大啦！」

「可是我不喜歡奶子太大的耶！」

「那你喜歡哪種類型的？」

「我喜歡學生妹，你也看得出我年紀輕嘛！最好是皮膚白一點的。」

「媽的，也不早說！好啦，我幫你打電話約約看別的小姐……」阿崑一臉不耐煩地掏出手機。

「再……再等一下。」Monkey按住阿崑舉起電話的手，接著說：「別這麼急嘛！

我聽朋友說你這裡有個叫Angel的，我就喜歡她這一型，你幫我……」

阿崑猛一個轉頭瞪著Monkey，兇狠的眼神讓他把後面想講的話硬生生地吞回去。

「幹！你是誰？」他大聲地問，然後又趕緊四下看了看。「看你不像條了，混哪裡的？」

「我……我是……」Monkey也有點嚇傻了，支支吾吾說不出個所以然。

「幹！」阿崑當機立斷，扭頭就走，往我這個方向大步過來，臉上殺氣騰騰。

怎麼辦？該怎麼辦？

我的腦袋還沒想清楚，我的身體就突然衝出巷口到阿崑面前，伸開雙臂擋住他的去路。

阿崑也嚇了一跳，還沒看清楚我是誰就下意識地往旁邊衝。我不知哪來的勇氣，伸手用力試圖把他拉住，但他力氣比我大得多，用力一甩就把我甩得重心不穩跌在紅磚道上，他就趁著空檔，一溜煙地跑進暗巷消失了。

二十一

光復北路一家賣杏仁茶的小店，我和Monkey並肩坐著。

掏出皮夾，我數了幾張鈔票遞給他，他數都沒數就揉成一團收進口袋，跟我道了聲謝。

兩天前，我正為了不知道該怎麼繼續調查下去而傷透腦筋的時候，突然間有了個靈感。既然我不知道該怎麼直接詢問，或許我可以讓嫌疑犯們彼此產生一些互動，自己隱身幕後從旁觀察。

我馬上打電話約Monkey，說有個跑腿任務給他。我要他想辦法假裝嫖客和阿崑聯繫，然後再刻意提起王馨儀，看看阿崑會有什麼反應。我還要他約阿崑見面的時候一定要通知我，我也要在場觀察。

我沒說的是，我的目的除了觀察阿崑，也要觀察Monkey。

也許是可以幫得上忙，也許是有跑腿生意可做，Monkey非常爽快就答應了這個差事。臉上的表情和態度還是那副皮皮的樣子，我看不出來什麼端倪。不過他倒是腦筋很靈活，他稍微做點變裝，到阿崑打工的網咖上網，找機會偷瞄他的電腦，看看他用什麼暱稱進聊天室。利用機會在聊天室裝色狼和阿崑聊上了，消除他的戒心，最後終於成功地把阿崑約出來。

「大哥，所以你有什麼發現？」他吞了一口杏仁茶。

「現在還不能說。」我不能讓嫌疑犯套出我的心思。其實我最大的收穫就是確認阿崑和Monkey原本應該互不相識，不過即使是這點我也不敢打包票。

「這樣啊！」Monkey聲音掩飾不了失望。

「你呢？在戰略高手盯他的時候，有沒有什麼發現？」我趕緊轉移話題。

「也沒什麼，不過有個女人來找過肌肉男兩次。」

「哦？長什麼樣子？」我低頭吃了一口杏仁冰，裝成不太感興趣的樣子隨口敷衍。阿崑的秘密情人終於現身了。

「我也沒看清楚，中等身材，穿得中規中矩。應該是他女朋友沒錯，因為我第一次看到她時，他們手牽手離開戰略高手。但不騙你，他們看起來還真不配。」

「第一次？你一共見了那個女的幾次？」

「也不過就兩次，不過第二次可精采了。」

「哦？」

「第二次那個女的賞了肌肉男一個大耳光，然後氣呼呼地跑了。一個大耳光耶！那個肌肉男看起來兇神惡煞似的，居然被女人搧耳光，而且還傻愣愣地動也不動，真是太精采啦！」

吃完了東西，我又隨口和Monkey聊了幾分鐘，就跟他分開了。他顯得還有點意猶未盡，告訴我如果下次還有幫得上忙需要跑腿的地方，一定要找他。

這次運氣不賴，得到了一些新的情報，雖然這個情報我現在還弄不清楚有沒有用。

更幸運的是，我的臉也沒被阿崑看清楚，這樣我未來行動上就方便了，雖然我也還不知道該採取什麼行動。

回到家，我沖了個舒服的熱水澡，換了舒服的衣服，隨手打開電腦，連上線後，MSN一連串跳出一堆離線訊息，內容大多要找我出快遞任務，這段時間我決定暫時不接任務，金錢的損失可不小。

我邊吹乾頭髮，邊隨手把一個視窗、一個視窗關掉。突然間，一個視窗吸引了我的注意力。

AA：別再查下去了，為了你的安全！

雖然只有短短幾個字，但是每個字都是紅色加大的字體，透著說不出的惡意。
是誰？這個離線訊息會是誰留下的？

二十二

星期二晚上，我坐在君悅飯店二樓Cheers酒吧裡一個最隱密的角落，等待張俊宇。君悅是我們第一次與張俊宇碰面的地方，約在這裡，或許比較容易消除他的戒心。另一方面，我也希望喝點酒可以讓他更放鬆，畢竟，我們上次有過一段稱不上愉快的會面。

除此之外，四通八達的大眾運輸還有昂貴的停車費，也是我選擇這個地點的原因之一。

早到了五分鐘，我隨意翻著酒單，等著張俊宇。這裡的紅酒還不錯，也有好些不賴的威士忌，琳瑯滿目、各式各樣的調酒更不必說了。

他被服務生帶了過來，跟上次一樣，還是一身的西裝筆挺，只不過臉上穿戴整齊的笑容不見了，取而代之的是一臉的謹慎和猜疑。但說實話，我還比較喜歡這樣子的他，像是脫掉了面具，比較真實。我趕緊請他坐下，把酒單遞給他。我們各點了杯威士忌調酒，他點的是Premium Manhattan，我呢，則點了Single Revolution。

「你也喜歡威士忌？」他率先打破僵局。或許可以歡樂、可以衝突，但卻不能忍受尷尬，是做業務的天性。

「比起紅酒，我更喜歡威士忌。」我附和著。

「我有個朋友常說，威士忌才是男人該喝的酒。」

「說得好！敬你的朋友一杯。」我也生硬地配合著讓氣氛熱絡起來。

他啜了一小口杯子裡的玩意兒，舒服地往後陷在沙發裡，臉上的表情明顯放鬆了下來。雖然氣氛帶著點古怪，但至少我們沒有像上次一樣地劍拔弩張。

我很刻意擺出輕鬆的姿勢品嘗我的威士忌，眼睛偷偷地打量著他。眼前的這個人，會是殺掉王馨儀，並且四處故布疑陣的傢伙嗎？

「先跟你道個歉，我和我朋友不是故意要冒充警察騙你的。」

「你是說Andy嗎？沒關係，他已經跟我解釋過了。」他揮揮手表示不在意。

Andy已經跟他解釋過了？他到底解釋了什麼？這下子換我尷尬了，本來我的如意算盤是跟張俊宇握手言和，想辦法讓他放鬆戒心，如果他還是很介意上次的事情，那我就把所有的過錯推到Andy身上，誰叫他不在場呢？但沒想到Andy先我一步跟張俊宇談過了，為什麼？難道他也懷疑張俊宇？

不過現在我腦子可沒空琢磨Andy的事，原本的計畫被打破，我得步步為營，邊走邊出招了。

「Andy和我都覺得對你不好意思，我們只是想幫馨儀，找到殺她的兇手。」

「我了解，我也想幫忙。不過你找我還有什麼事？我知道的都已經跟Andy說了。」

怎麼辦？怎麼辦？Andy，這次我可被你害得糗了。

「我還有一些想法……」我又低頭喝酒，爭取一點緩衝，拚命動腦筋。我不知道Andy跟他說了什麼，我該怎麼反應？

出奇招，完全不談他自己與案情有關的事情，諸如尋夢園聊天室、不在場證明……等，反而問他對王馨儀個性的想法，或是把他假想成一起辦案的同伴，問他對案情的看法？或許行得通，但我怎麼能確定Andy不是也跟他聊這些？

再不然說實話，告訴他我跟Andy鬧翻了，所以請他把跟Andy說過的事情再跟我講一遍？我可沒臉做這種要求。

那不然我就跟他隨便哈啦兩句，喝喝酒就回家？

想啊、想啊！一定有更好的辦法。

我把杯子舉起來，就著光線，面無表情地盯著暗棕色的酒漿，內心裡的焦急一點也不敢洩漏出來。

「我告訴Andy之前在博晟科技工作的時候，對那個什麼阿智並沒有印象。」不會吧？大概是我沉默太久，張俊宇無法忍受尷尬的業務病發作，主動說起來。

「嗯，我聽Andy說過。」得救了！我忍住內心的狂喜，依舊面無表情地說。

「不過我想補充一下，我們公司大多是用英文名字互相稱呼，所以除非是很熟的人，不然根本不清楚同事的中文名字，更何況是像『阿智』這種綽號。你知道那個阿智的英文名字嗎？」

「這我可以查一查。那你呢？你的英文名字是什麼？」

「Martin，M-a-r-t-i-n。」

我記在筆記本裡，然後抬起頭跟他說：「你跟Andy說過的事情，還有沒有想起什麼要補充的？如果可以的話，我希望你可以從頭到尾再說一次，也許這樣可以幫助你再回想起什麼來。你就當我從沒聽過你告訴Andy的事情，再把事情說一次。」

「ＯＫ。這我可以理解。」他點點頭。

想出這樣冠冕堂皇的說法，我不禁有點得意，跟著點點頭。

於是他開始告訴我，兩個禮拜前的那個禮拜六，他下午和女朋友去逛SoGo的詳細行程。這次，他甚至真的把買襯衫和毛衣的專櫃，統統都告訴我，配合度高得和上禮拜判若兩人。不曉得Andy是怎麼跟他說的，真有一套。

我又要求他把怎麼和王馨儀認識的過程又說了一遍，這部分他說得扭扭捏捏，畢竟有女朋友的人上網找一夜情不是什麼光彩的事，看得出來他不自在，不過還是勉強自己又陳述了一次。

大概一年前，他因為一時的「精蟲上腦」（這是他自己的說法），上網到尋夢園聊天室找一夜情。為什麼是尋夢園聊天室？他聳聳肩：「忘了，應該是用搜尋引擎偶然挑中的吧！」

Angel是他第一個一夜情的對象，他憑著他的「手段」（這也是他自己的說法），要到了她的電話。後來他又在聊天室試過找其他女孩子一夜情，但都不喜歡，所以後來他大概一、兩個月就打電話給Angel，約她出來，每次她收五千。

他其實從頭到尾都不知道她的本名叫王馨儀，也沒想過要問。「我把和Angel之間的關係，視為我生命中比較黑暗的那一面。我不打算進一步讓這黑暗的一面，侵蝕到我另一面的生活，所以就讓Angel是Angel，一個願意接到我電話，收點錢，解決我生理需要的女人。我不知道她其他的事情，也不想知道。」他說得堅決。

那天接到警察的電話，他才知道原來「巴黎戀人謀殺案」的死者王馨儀就是Angel。他很驚訝，也有點擔心，但卻並不想假裝自己很傷心。畢竟，Angel對他來說並不是不能取代的，他的擔心，是擔心自己的正常生活受到打擾。「我已經跟Andy講過，不過還是再跟你說一次，你如果要確認我的不在場證明，請跟百貨公司專櫃確認，千萬不要找我的女朋友，這算是我的一點小小請求。」他鄭重地說。

「你對王馨儀的家庭狀況有多少了解？」我問。

「一點了解也沒有。」

我想也是。我能想到可以跟他聊的東西都差不多了，該是時候閃人，進行下一步了？

不，我還想要試他一下。

「喜歡聽國語流行歌嗎？」

「啊？喜歡啊！怎麼樣？」他有點茫然不知所措。

「沒事。時間差不多了，今天謝謝你的配合，如果有需要的話，還請你繼續多幫忙。」我站起來跟他握手。

「沒問題，如果有我幫得上忙的地方，儘管開口！」他豪氣地說。看來轉到這種「業務style」的對話，他還是自在多了。

我送他去餐廳門口，藉口要上廁所，先跟他道別，然後馬上躲到廁所撥了一通電話：「他剛下樓，穿黑色西裝。」然後就掛掉了。

二十三

電話那頭的人，不用說，自然是Monkey。

我要他在君悅飯店一樓大廳找個不顯眼的角落待命，等我的電話通知，認準張俊宇之後跟蹤他。

之前的跟蹤經驗告訴我，只要跟蹤的對象去開車了，通常這個跟蹤任務也就到此為止，完蛋大吉了。但這次我刻意選擇這個台北市最繁華的信義計畫區，昂貴的停車費和方便的大眾運輸工具，應該可以大大降低張俊宇開車赴約的機率，使Monkey的跟蹤能順利一點。

我漫步在信義計畫區，雖然時間已經不早了，但街上的男男女女還是熙熙攘攘，或許，這某種面向上象徵了台北市的生命力。幾個該是日本觀光客模樣的年輕人，正興奮地互相拍照，擺出各種稀奇古怪的姿勢，抬頭一看，原來他們興奮的原因是台北一〇一。今天的天氣雖然不錯，但一〇一頂端還是籠罩在雲霧之中看不清，今天一〇一的燈光是橘色，星期二，我心想。

我開始想像著Monkey在街上利用人群掩護跟蹤張俊宇的樣子，他應該很能融入這裡的環境，再加上人還滿機伶的，這件事應該難不倒他。如果真如我的計畫，張俊宇不是開車赴約，那他應該是搭捷運的機會大些。捷運市府站人潮擁擠，這應該對跟蹤來說是有利的，反正身邊的人很多，張俊宇的警覺性應該不至於被挑起。

但，然後呢？不早了，隔天還要上班，張俊宇很可能就回家了，那Monkey就可以知道他家在哪。也許張俊宇事業做很大，等一下還有應酬，那Monkey就可以知道他的客戶是誰。也可能張俊宇打算去找他女友，那Monkey就有機會可以破壞他光明那面的人生。

那又怎樣？這些東西真的可以幫我找到殺王馨儀的兇手嗎？

本來自覺很得意的計畫，這時候突然覺得，全部都是屁了。

我搖搖頭，是威士忌嗎？怎麼我今天晚上變得這麼婆媽，問自己「那又怎樣？」

這種問題永遠是找自己麻煩。想要學神探辦案，除非你的屁股已經沾在安樂椅上拔不起來，不然哪個不搞跟蹤這一套？有句話說得好，「只管抬起屁股敲門去」。你不會知道哪一個時刻，所有的線索就自己兜攏在一起，真相的拼圖就自動拼出來。在那之前，你只能埋頭苦幹，拚命收集看似沒半點用的拼圖碎片。

回到家，我打開電腦連上線，一口氣跳出了好幾個ＭＳＮ視窗。我嘆口氣，沒錯，那個ＡＡ又傳了離線訊息過來。

ＡＡ：叫你別再查下去了，聽不懂嗎？！！！

這次的字體放得更大，問號屁股後頭還跟了一串大大的驚嘆號，透露出一股野蠻的任性。他還不知道從哪搞了個血淋淋的骷髏頭插圖，貼在文字後面。

如果真的有辦法、有決心要對我不利，發出第一次警告以後就該做點別的，例如潛入我家留下恐嚇訊息這種我真正會害怕的事情，而不只是躲在電腦後頭，再次透過ＭＳＮ發出警告，天真的以為在語氣和插圖上動腦筋就能收到效果。

色厲內荏，我心想。

這個ＡＡ到底是誰？我給自己沖了一杯三合一咖啡，打算讓自己再泡在這個案子裡久一點，晚點上床。而這種程度的推理當作睡前頭腦體操剛剛好。ＡＡ的身分其實不難推想。首先，他一定知道我在追查殺死王馨儀的兇手；其次，他還知道我的ＭＳＮ帳號。符合這兩個條件的，有哪些人呢？

電話鈴聲打斷了我的思緒，是Andy。

「想請你幫一個忙。」他的聲音從手機聽起來好疲倦，卻又掩飾不住一股呼之欲出的興奮或說狂熱，我直覺他的調查大有收穫。跟他斷絕聯絡這幾天，我一開始對他很生氣、很不諒解，但後來當自己嘗試辦案，從華生的角色轉變為福爾摩斯時，卻又變得很好奇「要是Andy的話會怎麼做」？現在看來他有些收穫，那我呢？我自己逞強扮演神探，東問問西聊聊忙到現在，到底有什麼進展？

「我也想請你幫一個忙。」我突然有了靈感。

「沒問題，你先說吧！」

於是我告訴他AA的事情，他似乎並不意外。「所以，你要我幫忙，透過江警官幫你查這AA是從哪裡上網的？」他猜，而且猜得正中紅心。對Andy來說，所有該進行的調查步驟似乎都是那麼的理所當然，難道我的頭腦真的跟他差這麼多？

「沒錯，拜託你了。」我不情不願地承認他猜對了。「那，你要我幫什麼忙？」

「可不可以請你清查一下，當時張俊宇還在博晟科技上班的時候，和他同部門的人有哪些？」他說。

「這你請江警官查不就好了？」

「公司的人事資料，警察不是拿不到，但硬著來一定會很引人注目，我不想打草驚蛇。」

「警察都不方便查，我哪有辦法？」

「你是怎麼了？你不是認識阿智嗎？請他幫忙不就得了？」

是啊！這麼簡單的事情，我居然想不到？

掛上電話，我的咖啡早就涼掉了，我把整杯咖啡倒進水槽，把杯子洗好晾著。

我答應幫Andy查一查這件事，該怎麼進行我已經心裡有數，但為什麼？本來我可以直接問他的，不過我實在不想在他面前跟個白痴一樣，永遠跟不上他的思考。

重新坐在電腦前面，我在搜尋引擎搜尋「尋夢園聊天室」。

性別：男。來自：台北。

暱稱？我思考了一下，鍵入「征服」。

聊天室裡面人山人海，看來這裡挺熱門的。我試著在使用者清單中尋找一些關鍵字眼，例如Monkey、阿崑、張俊宇、Martin或是任何從征服這首歌裡挑出的詞。但很可惜，一個可疑的也沒有。在這裡，這種「像是個名字」的暱稱反而不多，反倒是一堆稀奇古怪的暱稱：「色男要看訊」、「想吃大屌（第三性）」、「有人住中壢要出來玩嗎？」、「想找一夜情」充斥著版面。

在這裡可以看見人性底層最赤裸裸的欲望，想要一夜情？公開寫出來吧！這裡不來營造氣氛、表現自己、試探、欲拒還迎那一套。所有淫穢不堪的字眼在這裡是稀鬆平常，我想起我國中時候那個戴著黑框眼鏡、不苟言笑的老處女導師，要是她一不小心進到網路聊天室，大概會嚇得當場昏倒吧？

不、不、不，我根本搞錯了，或許那個躲在「熟女想電愛」暱稱背後的正是我親愛的導師，越是在真實世界中壓抑自己的人，可能越是需要一個地方讓自己的另一面解放出來。我想像著她躲在電腦後面熱切聊天的樣子，然後決定盡快把這個畫面趕出腦袋。

網路就像是一個匿名的天堂，所有的偽裝、虛假、道德禮教統統變得不重要。關掉視窗，誰還知道你是誰呢？

「請問你認識Angel嗎？」

我開始一個一個跟聊天室裡的男生，或說至少自稱是男生的人丟出這樣的問句。我打字打得辛苦，不過卻沒有半個人理我。在這裡，禮貌是不該被期待的東西，我怎麼會傻到希望男生在精蟲上腦，拚命找女人做愛的時刻，莫名其妙去搭理另一個男生？

我退出聊天室，換了個身分再進去。

性別：女。來自：台北。暱稱：Angel。

結果情況更糟。我根本沒空發出我的問題，一進入立刻就被一堆熱情、直接卻又淫穢的邀約轟炸得幾乎跟不上每幾秒更新一次的畫面。

望著螢幕上一大串來自不同男生的「安安」，我嘆口氣，把視窗給關掉了。

某時，某地……

是命運的安排吧！

殺意在他腦子裡盤旋已經好幾天了，他每天做的事，就是在聊天室裡等待Angel上線，然後偷偷觀察她的行為，累積對她的憤怒。

「為了妳，我失去了愛我的女朋友，而妳，在這裡繼續和其他男人勾搭？」他恨恨地心想。當然他心裡清楚，她本來就是這樣的人，他早就知道而且也不介意。但是，現在他就是必須替自己的憤怒找個出口，不管合理不合理。「感情本來就不是理性的。」他自嘲地想著。

他知道自己一定要殺了她，才能夠平息腦子裡那股瘋狂的聲音，但是該怎麼做？他並不想下半輩子都為了殺人罪被關在暗無天日的牢裡，他必須要找出一個辦法，殺了她，然後全身而退。

他盯著螢幕，一句一句無聊的對白重複著。聊天室就是這麼回事，只不過是一顆又一顆孤單的心靈，對著電腦螢幕那頭假想的對象，重複又重複的喃喃自語而已。

該怎麼做呢？他想了很久，沒有一個辦法可行。他開始越來越焦慮。

是命運的安排吧！他看見了那個熟悉的名字在聊天室出現。

剎那之間，所有的計畫細節都在他腦子裡成形。並不是他天縱英明，而是這幾天無時無刻不在構思的怨念，終於到了噴發的臨界點。一切細節都各就各位，他知道該怎麼做了。

最後的猶豫，那個名字真的是他嗎？他不能確定，但他決定一試。

「安安！要聊聊嗎？」他對他發出密語。

二十四

昨晚我失眠了。不是因為與張俊宇的一番談話，雖然對他的印象改善了一點，但距離對他魂牽夢縈的地步還差得遠；不是因為掛念著Monkey的跟蹤結果，因為我已不敢抱太大希望；不是因為ＭＳＮ上的神秘威脅，我可以清楚嗅得到這威脅的軟弱無力，況且我相信Andy會請江警官幫忙查個水落石出；也不是因為聊天室的情色轟炸，我關掉視窗就忘得一乾二淨；更不是因為那杯太晚才沖泡的咖啡，因為我根本沒喝。

那是為什麼？我自己也很想知道。

自從王馨儀的屍體被我發現以後，我不得不被捲入這個事件中，甚至還拖Andy一起下水。我們見了很多人，打聽了很多事情，有些時候我會有種錯覺，覺得這個過程才是真正要緊的，可以一直持續下去，但目的反而已經模糊了。如果願意的話，我們可以不停地繼續見更多其他的人，調查更多的事情，像是找到王馨儀失去聯繫的媽媽，問一問她為什麼要遺棄王伯伯和王馨儀；也可以找到阿崑那個神秘的女友，問問她是什麼原因要打阿崑一個巴掌；或是去打擾張俊宇的女友，好好的確認他的不在場證明並且毀掉他們的感情；還有Monkey的河馬老大，確認一下Monkey關於怎麼認識王馨儀的說詞是不是真的；還有……

調查下去很容易，但什麼時候該適可而止？

我們怎麼知道手上的資料是不是已經夠了，是時候停下腳步，動動腦子，好好坐下來思考整理，找出答案，而不是繼續像無頭蒼蠅一樣到處亂飛？我有種強烈的感覺，我們早就已經很接近真相，但卻一直在它的周圍繞啊繞，始終沒有進入到核心。在我們收集到的情報裡面，可能只是一個小小的不協調，或是一個不起眼的矛盾，但卻是通往真相的小徑，只要再稍微深入一些，我們就可以得到答案，停止漫無止境的調查。

昨晚在夢境與清醒的邊界，我一直覺得答案好像就在眼前，想要睜眼看仔細，卻反而什麼也看不清楚。就好像撈金魚，笨拙的手好不容易跟上金魚的速度，卻發現手中的網子早已經破了。就這樣，我翻來覆去了一整夜。

剛開始我以為是鬧鐘，後來才發現是手機鈴聲，我翻身下床迷迷糊糊地接起電話。

「白過駒？」一個女人的聲音說。背景隱約傳來嘈雜的聲音，像是在哪聽過。

「我就是。」

「請你別再查Angel的事了，好嗎？」

「妳是誰？」

「那不重要。為了大家好，拜託你別再查下去了。」

沒等我搭腔，她就把電話掛了。

我的頭痛欲裂，嘴巴也乾得要命。灌了幾杯黑咖啡之後，我才覺得自己的腦袋又開始轉動，只是隱約還聽得見運轉不順造成的嘎嘎聲。

所以真相大白，ＡＡ其實是個女人？但她怎麼會有我的電話和ＭＳＮ？又和這件事情有什麼關係？她說「為了大家好」，誰是大家？我檢查了一下手機的來電顯示：

「不名的號碼」。

是啊！當然，不可能有人會傻到恐嚇別人還顯示來電號碼。

想不出來怎麼回事，所以我撥了Andy的電話。

「我剛剛接到一通電話。」我說。

「嗯？」他的聲音好像還沒睡醒。

「是個陌生的女人，要我別再查下去，可能就是ＡＡ。」

「什麼？你說仔細一點！」他好像突然驚醒。

於是我把細節告訴Andy。我看不見他，不過我可以想像他已經從床上坐起身，睡意全消，用他的手摩擦著臉頰思考著。

「這件事很古怪。」

「嗯。」

「說不通，一點也說不通……」他的聲音帶著迷惑。

「呃，會不會ＡＡ就是阿崑的神秘女友？」

「說不通，」他像是沒聽到我的猜測。「我想，」他停了幾秒，帶著些許的遲疑，「這個女人應該不是ＡＡ。」

「但……」我話還沒說完，就聽見電話掛上的聲音。

這個女人不是ＡＡ？這個可能性我倒是沒想過。我仔細回想那通電話，還是對這女人的聲音沒有半點印象，但這通電話有個什麼東西，讓我接聽的時候感到一股莫名的熟悉感，那會是什麼？

我動手打電話給阿智。

「阿駒嗎？那件事有沒有什麼新發展？」他說。

他的聲音我認得出來，但卻與那股莫名的熟悉感無關。撇開他的聲音不談，我沒想到他仍然關心這件事，主動跟我問起。該跟他說多少？我遲疑著，「嗯……我們還在查。」

「這樣啊……好吧！找我有什麼事？」

「你還記得你一個以前的同事嗎？叫Martin。」

「好像聽過，業務部的，對吧？」他說。

「是業務部的沒錯。你們公司都流行用英文名字互相稱呼啊？」

「是啊！這樣聽起來好像比較國際化，你知道的。」

「那你的英文名字是？」

「Daniel，我叫Daniel Chang，不過我還是習慣你叫我阿智，可能我不太國際化吧！」他自嘲地笑笑。

「那個業務部的Martin，你跟他熟嗎？」

「不太熟，應該算是點頭之交，偶爾在茶水間會碰到。」他說。「為什麼問起他？」

聽到張俊宇的英文名字，阿智有沒有特殊的反應？我得老實承認，我聽不出來。而此時此刻，我也沒準備跟他講太多。

「隨便問問。」我趕緊轉移他的注意力。「對了，你說你把我的聯絡方式給了『灼熱的憤怒』？」

「對，怎麼樣？」

「記得你給了他哪些東西嗎？」

「你的手機號碼，還有網址，上面就有你的ＭＳＮ。」

「你的記性還真不錯。怎麼樣，最近還好嗎？」我想起一打給阿智就開始聊案子，還沒跟他寒暄兩句。

「老樣子，不好也不壞。」

「還有上聊天室聊天嗎？」

「很少了，畢竟發生過那樣的事情，你知道。」

於是我告訴他我昨天第一次上了尋夢園聊天室，被裡面各種露骨的暱稱嚇了一大跳。他說這很正常，反正在聊天室裡許多人的身分都是「一次性」的，用過即丟，沒有人還會記得誰。

「你呢？用的也是這所謂『一次性』的身分？」我打趣地說。

「不。我行不改名、坐不改姓，用的都是阿智這個暱稱。」

我又告訴他我試圖在上面打聽還有沒有人認得Angel，但卻沒人理我。他告訴我這也很正常，很少男生會理男生。

是啊！我也是這麼想。不過這裡我突然發現了一個小小的矛盾，這會是我一直在找的不協調之處嗎？

「但你卻理了那個『灼熱的憤怒』，而且還把這件事記得清清楚楚。」我慢慢地說。

「我說過，那時候我很無聊，所以願意跟我聊天的我男女不拘。況且我會記得，是因為這件事本身就很不尋常。」他的聲音提高了。

「原來如此。」

「你現在在幹嘛？在懷疑我嗎？」

「只是好奇而已。」

「阿駒，你這樣實在很卑鄙！你有事情要我幫忙，我大可以什麼都不跟你說，但沒想到我這麼幫你忙，卻換來你的懷疑？」他恨恨地把電話掛上。

先是那個女人，再來是Andy，接著是阿智，今天已經有三個人沒說再見就掛我電話。我覺得自己是越來越討人厭了。

不是阿智。那個女人感覺起來應該跟阿智沒關係，但電話中那股熟悉感到底是怎麼回事？

我抱著頭用力回想。那個女人說：「『請』你別再查Angel的事了。」還說：「『拜託』你別再查下去了。」那ＡＡ呢？又是「為了你的安全」又是驚嘆號又是骷髏頭，威嚇性十足。

或許Andy是對的，那個女人並不是ＡＡ。

那個女人會是誰？她的聲音有點沙啞，聽起來像是菸酒過度的喉嚨，而且有點尖銳，聽起來並不舒服。沙啞和尖銳這兩個似乎相反的聲音特質，在她身上似乎完美地融合在一起。想像中，在打這種偷雞摸狗的電話時，應該會壓低了聲音，但是她卻沒有。也多虧了這樣，才能讓我聽清楚她到底在講什麼，因為她那邊似乎很吵。

很吵？腦中靈光一閃，我知道那股莫名的熟悉感是什麼了。

我上網查了一下電話，然後撥過去。

「戰略高手您好。」一個聲音說。襯在聲音背後的聲音，正是那熟悉的槍炮和怪物嘶吼聲。

「喂？」那個聲音又說。

我想不出要講什麼，就把電話掛了。

二十五

我接著撥電話給Monkey。他告訴我，昨晚他跟蹤張俊宇搭捷運，從市政府站上車，坐到台北車站再換新店線到大坪林站。出了捷運站，他繼續跟蹤到一棟公寓前，確認張俊宇進了三樓左邊陽台種了百合花的那戶，還在樓下等足了半小時，確定他沒有又出門才離開。

我把這棟公寓的地址記下來，稱讚Monkey幹得好，並告訴他我會把錢轉到他的帳戶。

「需要我繼續盯著他嗎？我盯梢和跟蹤的技巧越來越好了。」他興致勃勃地說。

「不用了。」我說。

傍晚，我從家裡出門，隨身的袋子裡裝著我的泳褲、泳帽還有毛巾。我走向我的水藍色Honda Civic八代，掏出鑰匙，然後又把它塞回口袋。

白天的暑氣已經漸漸消散，微風吹在臉上讓人精神一振。這就是我要的感覺，我需要能讓我頭腦清醒的東西，驅散我眼前的迷霧，掌握到真相那一閃即逝的亮光。

用走的吧！我告訴自己。

我往南走兩個街口到松河街河堤旁邊，找了個樓梯翻過去到河堤外。規劃良好的自行車道在我眼前展開，如果我願意，可以沿著這堤外的自行車道一路從南港逛到內湖甚至社子，不過我沒那麼大野心，我只想去游泳。

一個個騎自行車的人從我身旁經過，還有慢跑的，跟我一樣散步的，台北市的喧囂好像統統被堤防擋在外頭，侵擾不了在堤防另一頭決心要運動的人。我慢慢地走，半個鐘頭我就到了南港運動中心，陽光也已經走完它今天最後的一段路，從黃昏走到了日落。

五百公尺的吸氣吐氣、撥水踢腿，五分鐘的蒸氣蒸騰、汗如雨下。接著我沖澡，渾身清爽的走出運動中心。

從游泳池爬出來以後，我的口袋少了一百元，肚子餓得咕嚕叫，但腦子裡卻沒有多了什麼想法，那團迷霧還是在我眼前，揮之不去。

不知不覺地走向「美依」，最近這好像已經成了每次我游完泳的例行公事。女孩不在，不知為什麼，我又走出了「美依」。

回到堤防外，我再往西邊走，找了個距離彩虹橋最近的出口繞出去，就是饒河街夜市了。我吃了一碗藥燉排骨，配上油膩膩的滷肉飯剛剛好。吃完了，又買了一包番薯球邊逛邊吃。我跟著前面一對年輕情侶的腳步，緩慢地讓人潮帶著我前進，感覺自己好像整個融進了夜市這個巨大的生命體中。

夜市裡人聲鼎沸，此起彼落的叫賣聲不絕於耳。

「老闆不在隨便賣，一件八十、三件兩百！」

「來、來、來，緊來看喔！走過、路過，千萬不能錯過！」

賣衣服的、賣小吃的，大家都各自賣力地努力著、生活著。

一隻手突然從後面拍上我的背，我轉過身來，是美雯！

一件鵝黃色的T恤，下半身是輕鬆的牛仔褲配上涼鞋。美雯的裝扮很隨意，但氣色看起來不太好。我下意識的往她身邊搜尋Andy，接著才又猛然想起她跟Andy已經分手了。

「好久不見，來逛夜市啊？」她說。

「是啊！妳也來逛夜市？」

「是啊！」

一股尷尬彌漫在我們兩個四周，就算是周遭的擁擠和嘈雜也沒辦法掩飾，我想她該很後悔自己魯莽地跟我打招呼，讓我們陷入目前這種進退不得的窘境。我是她「前」男友的好友，她意識到我們的關係已經和以前不同了，一下子沉默下來。

經過了像是幾個鐘頭的幾秒鐘，她低著頭輕聲地問我：「你應該都知道了。他最近還好嗎？」

「我也不清楚，應該還可以吧！」我撒了謊。我要告訴她Andy表面上無所謂，但卻日漸憔悴嗎？我不知道Andy希望我怎麼做，還是先裝傻吧！

美雯點點頭，像是同意我說的話，然後把頭抬起，好像下定了決心，看著我的眼睛很認真地說：「如果你遇到他，請跟他說我已經原諒他了。」

話說完，她就跟我揮揮手走掉了。

回到家，我換上輕鬆舒適的衣服，查看手機，有通未接來電，是Andy。

「哈囉！應該還沒睡吧？」他說。

「還沒睡。」我說。他的聲音聽起來很興奮。我該告訴他遇到美雯的事嗎？他會希望知道嗎？

「我們親愛的ＭＳＮ神秘客ＡＡ有消息了！」

「真的？江警官的效率挺高的。」

「那倒是。你知道我們親愛的ＡＡ從哪裡上網的嗎？」

「別賣關子了，快說吧！」我說。

「在內湖科學園區內湖路附近的一間網咖。」

「不是戰略高手？」我有點失望，這有什麼值得興奮的？

「有間公司就那麼湊巧，剛剛好位在內湖科學園區。」他得意地說。

「博晟科技？」

「恭喜你猜對囉！我想，我們離真相已經不遠了。」他很有自信地說。

掛掉電話，我才突然想起忘了跟他說美雯的事，伸手抓起電話卻又放下。我真的該在這個節骨眼擾亂Andy的心情？

又睡不著了，我拿出筆記本和筆，打算花點時間整理一下目前已知的線索。Andy說我們離真相已經不遠了，怎麼我都沒有這種感覺？我這陣子一直忙來忙去，最後Andy已經快要破案了，我還搞不清楚怎麼回事，也真夠窩囊的。

我把所有疑點的部分列出來，並寫下我的推測。

嫌疑犯一：阿崑

可疑點一：「灼熱的憤怒」上網的地方正是他上班的戰略高手。

可疑點二：有一個神秘女友，疑似和他吵了一架，原因不明。

可疑點三：我接到的恐嚇電話，也是來自戰略高手，但是是女人的聲音。（阿崑的神秘女友？）

嫌疑犯二：Monkey
疑點一：身材瘦高，與「巴黎戀人」小瑜的目擊證詞較為吻合。
疑點二：唯一感覺對王馨儀有感情的嫌疑犯。是否愛得越深，傷害越深？

嫌疑犯三：張俊宇
疑點一：認識阿智，在網路公司上班，對網路最為熟悉。
疑點二：愛惜自己和女友之間的感情，為了維持不惜殺人？
疑點三：斯文、聰明，和犯罪的內在風格最是接近，而且ＡＡ……

還有什麼疑點？還有哪個嫌疑犯？我的頭開始隱隱作痛。丟開筆，我抓著筆記本往床上躺。

到底為什麼要殺人？一個人的消失，可以解決另一個人的問題？我一直覺得，推理小說中，那個既冷酷又聰明的兇手是不可能存在的。並不是說我不相信世界上有這麼聰明的人，相反的，我相信這世界聰明人很多，但聰明人面對困境，應該總是可以找到一個更有智慧的出路。殺人，那麼的野蠻，那麼的不顧一切、無法逆轉，難道不是最愚蠢的解決問題方式嗎？

最聰明的人，卻選擇了最愚蠢的方式來解決問題，這就是我認為推理小說中的兇手不存在的理由。

頭更痛了，還是睡不著，我翻身下床抓起電話。電話響了好幾聲才被接起來，一個睡意濃厚的聲音喊了聲：「喂？」

「我還沒撞到人。」我跟小堇報告。

「一點也不好笑，阿駒。」她有點生氣。「你知道現在幾點了嗎？這麼晚打給我就為了跟我開這種無聊的玩笑？」

「抱歉，打擾到妳了，我只是突然很想妳。」

「阿駒……」

「妳記得嗎？我獻給妳的第一首歌。」

「〈妳那發光的微笑〉，當然我記得。」她的聲音也在笑，發光地笑著。「但，阿駒……」

「哈、哈，」我乾笑兩聲打斷她，「我倒寧可妳忘了。那首歌現在看起來寫得糟透了！」

「你今天怎麼了？」她有點擔心。

「我沒事。今天我遇到美雯了。」我說。

「你說過她跟Andy分手了。」

「沒錯，他們分手了。因為他們，我覺得心裡很煩，想起一些從前的事情。」

「從前的事情……」

「是啊！從前交過的朋友、喜歡過的女孩、寫過的歌，雖然是首爛歌。」

「我不覺得很爛。」她說。

「妳說啊，小堇，我們兩個人為什麼會分手？我們難道不相愛嗎？我們難道不適合嗎？妳變心還是我變心了？」

「阿駒，你現在還談這個做什麼？」她說。「我以為我們一年前就已經說清楚了。沒錯，我們相愛，我們沒有變心，但我們的確不再適合彼此了。時間會把人改變，時候到了，我們雖然沒有分手的理由，但也沒有在一起的理由了。何不給彼此一個自由？把這一切變成美麗的回憶不是比較好？」

她說得這麼理所當然，好像事情本來就該是這樣，沒有第二種可能性。但我就是不懂，既然沒有變心，為什麼要分手？一年前我不懂，但是我裝懂、裝瀟脫；現在我還是不懂，但我還要繼續裝瀟脫嗎？

「快去睡吧！阿駒，雖然我不曉得怎麼回事，但你應該是壓力太大了。」

我壓力太大了？或許吧！壓力讓黑碳變成鑽石，但卻讓我變成一個囉哩叭嗦、語無倫次、半夜打電話騷擾別人的討厭鬼。我和小堇已經是過去式了，難道我還認不清？要挽回，有人一年後才來挽回的嗎？

小堇的態度刺痛我的心，但我究竟還期待什麼？回憶著過去我們兩人的點點滴滴，什麼叫「我們雖然沒有分手的理由，但也沒有在一起的理由了」？我不懂。

然後，我突然懂了，什麼都懂了，就好像突然而來的頓悟，一道光驅散了我眼前的迷霧，我看清楚了。但我沒有開心，只有痛苦。

「抱歉吵到妳，當我今晚沒打這通電話吧！」我掛上電話。

我換上外出的衣服，出門揮手招了一輛計程車。

「復興南路的True Love。」我說。這個時候，我需要一點酒精。以前沒有上工的時候，我喜歡去True Love。那裡音樂不錯，酒也有水準，最重要的是，認識我的人比較少，不像在香檳，認識我的人太多，每次去都讓我有種「上班」的感覺。

我可以在True Love吧台邊、舞台前的老位子靜靜地坐著，放鬆，做我自己。

下了車，我往四處望望，夜已經深了，街上行人稀少，但在這個低調的小店門前，卻還是三三兩兩聚集了幾攤年輕男女。應該是等人吧！我想。一年多前我也曾經是他們中的一分子，我還記得小堇老是遲到，總是慌慌張張地跑過來，一邊蹩腳地說著：「對不起、對不起，塞車、塞車！」是啊！這個時間塞車，說謊真的不是她的強項。

門口掛著的霓虹招牌低調地勾勒了一個名字：True Love。我站在門前，閉上眼睛，默默感受幾秒這熟悉的感覺，召喚以前那個放蕩不羈的靈魂，再次回到我的身體。睜開眼睛，我感覺自己不一樣了，過去的感覺又回來了。

True Love，真愛？我嗤之以鼻。

推開樸實的木門，Sandy和Michael的歌聲馬上淹沒了我。裡面還是老樣子，光線調得昏暗，讓每個人看起來都變帥、變美，卻又沒暗到讓人沒法走路。記不得是誰說過，人生也需要個開關把光線調暗，而威士忌就有這功能。

我讓一個我不認識的waiter帶我到吧台邊、舞台前的老位子，照舊點了威士忌加上蘇打水，驚訝地感受到糾纏我整晚的頭痛不見了。Sandy和Micheal正在舞台上賣力演唱，後頭那個敲著keyboard的傢伙看起來還不滿二十歲，我不認識，該是他們不曉得從哪找來幫忙的槍手。

Michael和Sandy看到我了，眼睛一瞬間亮了起來，用一個手勢和我打了個無聲的招呼。他還是老樣子，永遠一副想睡覺的樣子，不過聽說很多女客人是衝著他來捧場的，她們說Michael那沒睡飽的眼神「很迷濛、很性感」，真是見鬼了！Sandy穿著亮橘色的T恤，黃色的超短熱褲，鑲著亮片的高跟鞋極度突顯她修長的美腿。她的新髮型某個角度看起來像小堇，某個角度又讓我想起來美雯。

她和Michael以前在香檳唱我的下一場，後來和老闆宏哥鬧翻了，所以我介紹他們來這裡唱，只是沒想到以Sandy那個臭脾氣，居然可以在這裡唱那麼久沒跟老闆鬧翻。

我舒舒服服地啜了口手上的威士忌，兩眼猛盯著她的美腿瞧，還跟她豎起了一根大拇指。她呢？則是還給我另一根比較靠中間的手指。當然，是很低調地。

哈！一樣的燈光、一樣的音樂，還有只有老朋友才懂的歡迎儀式。True Love老朋友啊，你還是老樣子。

我吞了一口威士忌，搖搖頭，又灌了一口。嗯，這口感覺對了。

Michael和Sandy正在唱著周董的歌，他們還不錯，把他的歌唱得很有自己的風格。「轉身離開，分手說不出來，海鳥跟魚相愛，只是一場意外。」意外的愛情是美麗的，但，相愛了又怎麼樣？他們的巢要築在哪？

我掃了一眼附近的其他客人，沒半個眼熟的，這裡畢竟還是不一樣了啊！舊日的時光也是，或許你可以想辦法複製，想辦法去重建、去重溫，但逝去的就是逝去了，喚不回來的。多少個在這裡消磨著夜晚的時光，喝點小酒，聽點音樂，等待愛情的青睞，還有，默默承受愛情的折磨。都過去了，回不來了。

酒喝完了，今晚我怎麼一個人喝這麼猛？

新的一輪酒送過來，我又一大口灌下去。

這裡，我只會跟真正的朋友來，小董、Andy、美雯，還有那個比我還徹底從良的老朋友Brandon。想到他，我也好久沒跟他聚聚了，不知道他跟他那個小女朋友怎麼樣了？上次見到他的時候，他一副西裝筆挺的業務裝扮，簡直讓人無法想像我們大學時代一起共度的瘋狂日子。

不過老實說，他穿西裝也挺帥的，至少比那個張俊宇好多了。

舞台上Sandy和她的美腿不知道跑哪去了，只剩keyboard男孤獨地陪著Michael，他嘶啞地唱著Scorpions的〈Still loving you〉。

吞下一口威士忌。唱得還不錯，我心想。酒也好，再來一輪吧？

「嘿！幾百年沒見到你了！」我從背後被人用力拍了一下，回頭一看，是小堇。

不、不、不，不是小堇，是Sandy。都怪這該死的光線。

「想我嗎？」我掩飾自己的狼狽。

「大家都很想你。」她說。

「大家？」

「就是我和Michael啦！還會有誰？」

「說得也是。」我又喝了一口。「陪我喝點吧？」

「等我下班吧！再半個小時。」她摸了摸我的臉頰，扭著屁股走回舞台。

什麼時候杯子又空了？我揮揮手又點了一輪。

舊日時光？什麼是舊？什麼是新？我的生活可以被一條線乾淨俐落地切分成新和舊嗎？那條線是什麼？小堇的離開？痛風的發作？還是王馨儀血淋淋的屍體？管他是什麼，我現在還不是坐在這裡坐得好好的？沒在怕的啦！我猛灌一大口。

「時間會把人改變，時候到了，我們雖然沒有分手的理由，但也沒有在一起的理由了。」這是什麼道理？小堇妳說清楚啊！

「那王馨儀這個名字你有沒有印象？」江警官平靜地說。

「我不認識她，不過她看起來也很寂寞。」阿智也平靜地說。

「幹你老母！你們兩個白痴太有禮貌了。」阿崑破口大罵。

「這就是這個年代的警民合作。」Andy說。

大家開始瘋狂地鼓掌，掌聲好吵、好吵，我的頭好重、好重。

「聽起來可能很瘋狂，但我想靠自己的力量，找出誰是兇手。」我聽見自己說。

掌聲不斷，還有人開始吹起口哨。

「請你一定要幫忙抓到殺害馨儀的兇手。」Monkey誠摯地看著我說，然後跟我乾了一杯。

「請問你認識Angel嗎？」我見人就問，沒有人要理我。

「你和那個賤女人去死吧！」金髮女孩邊走，邊對手機說。

「幹！你才不是條子！」阿崑大吼。

「為了大家好，拜託你別再查下去了。」女人說。

「沒事的、沒事的，有爸在。」王伯伯拍著馨儀的背。她的臉埋在王伯伯的懷裡，我看不見。

「千萬不要找我的女朋友，這算是我的一點小小請求。」張俊宇鄭重地說，接著跟我喝了一杯。對了，他也愛威士忌。

「哇，大哥，你真是個好人，這麼體貼。」Monkey低下頭吸了一口珍珠。我喝一口酒陪他。

「如果你遇到他，請跟他說我已經原諒他了。」美雯說。

「不信，你可以問我們經理。」小瑜說。好、好、好，我來問問。

「『巴黎戀人』絕對是正派經營的公司。」張經理說。

「一點也不好笑，阿駒。」小菫有點生氣。

「嫁給我吧！」阿智說。

「靠！我對男人沒興趣。」阿崑說。媽的！我也沒興趣。

「沒有第三者。但日子久了，人總是會變。」Andy說。

「有什麼我可以幫忙的嗎？」張俊宇笑容可掬地對我們說。陪我喝一杯就是幫我忙啦！

「我總得知道小姐的素質嘛！」Monkey滿臉堆笑。

「請問要吃點什麼？」「美依」的女孩笑著說。這裡不就是只有蔬菜和蔬菜打成汁嗎？還能吃啥？

「我哪知道？我只是個開樂器行的，又不是啥神探。」老唐邊打著呵欠邊說。

「不會有婚禮了，我和婉菁完蛋了。」阿智重複一次，又一次。

「戰略高手您好！」槍炮砰砰作響，怪物嘶吼著。我用力大聲喊：你也好啊！

「我行不改名、坐不改姓，用的都是阿智這個暱稱。」阿智說。那我用什麼暱稱？怎麼想不起來了……

「開車要小心，別撞到人。」小堇叮嚀。我才不會咧！

「幹！」阿崑臉上殺氣騰騰。真是不知好歹。

「你喝醉了。」小堇，不，是Sandy說……

二十六

陽光斜斜地從窗戶曬進臥室，刺眼的光芒把我從睡夢中喚回現實世界。我的頭痛欲裂，嘴巴乾得要命。我掙扎地坐起來，下床替自己倒杯水，左邊膝蓋有種像是扭傷般的刺痛感，八成是昨晚喝醉，走路撞傷了。

倒了一大杯水到嘴裡，我口不渴了，但頭痛依舊，膝蓋的疼痛也越來越強烈。可惡！不是扭傷也不是撞傷，我知道是什麼了。好久不曾發作，我幾乎忘記它的存在。昨晚酒真的喝多了，我的藥放在哪？

我從抽屜翻出醫生開的秋水仙鹼，用另一大杯水把它沖下肚，拖著腳步慢慢躺回床上，靜靜地等著疼痛過去。

昨晚發生什麼事？讓我想想。我喝醉了，這個毫無疑問。然後呢？我怎麼回到家的？

應該是Sandy吧！昨晚隱約之中，好像有人把我扛上計程車，乘機還捏了我屁股一把。會這麼幹的，應該只有她了，連手法都跟以前一個樣。

但還是有些事情不一樣啊！我看清了，昨天晚上我看清了。

帶著一股不情願，我撥了通電話到大直分局找江警官。我們在電話上彼此帶著敵意地對峙了幾分鐘，然後又互相道歉。

壓力太大了，都怪這個城市。我們兩個心有戚戚焉地同意彼此。最後，我拿到了我要的資訊，證實了我想證實的東西。

接著我又撥了另一通電話，電話另一端的聲音既驚訝又期待，但期待最終是落空了，我沒多說什麼，只是問了幾個問題，得到了回答。

我拿起吉他，坐在桌前，攤開未完成的〈逃亡天使〉。或許，一切是注定好的吧？

每個人的生命歷程都好像一條線，有的線長、有的線短，有時候這條線孤零零的朝著自己的方向延伸，有時候這條線和那條線交錯在一起，彼此有了交集。但更多的時候，交纏在一起的線最終還是會分開。孤獨，才是生命的常態。

寫這首歌時，我的這條線和王馨儀，或說Angel的線有了交集，但當這個交集發生，她的線已經到了終點，不會再繼續了。雖說線斷了，不存在了，卻仍留下了一條隱隱約約看不清楚的痕跡延伸出去。我的線，和其他牽扯到這事件所有人的線，好像突然沒有了自己的方向，統統往那痕跡延伸的方向纏繞著。

或許，把這糾纏分開的時刻到了。

伸手觸摸　幸福幻想支離破碎
香菸酒精　蒼白我的年少輕狂
抬頭仰望　腐敗空氣舞動黑暗
闔上雙眼　無聲吶喊四散瘋狂

這是我歌詞中的一個段落，我想描寫的是那個逃亡天使的心境，但現在看來，這個心境似乎也可以套用在王馨儀身上。在我的心中，天使和王馨儀這兩個形象似乎越靠越近、越靠越近，最終重疊在一起。

但王馨儀這個Angel可不是什麼逃亡天使，叫她死亡天使還差不多。我自嘲地想。

電話鈴響，是Andy。我現在不想接他的電話，卻還是接了。

「我過去你那邊，討論一下案情吧！」他說。

我一拐一拐地給自己泡了一杯濃茶，也替Andy弄了一杯。看著越來越瘦削的他，我掙扎著該不該告訴他美雯已經原諒他了？他受的苦已經夠多，但我這麼做是讓他解脫，還是讓他更痛苦？

「阿駒，你腳不舒服？」他問。

「沒什麼，昨天喝多了，早上痛風發作。」

「不會吧！現在還好嗎？」

「吃過藥，已經沒事了。」我揮揮手要他別再談我的痛風。「關於王馨儀的案子，你有什麼新發現要跟我說？」

「也不算什麼新發現，只不過，我想現在我知道是誰殺了王馨儀！」他停頓了幾秒，看了一下我的反應，帶著點得意地繼續說：「這個案子其實從一開始，最有嫌疑的人就是你。你來作案是最方便不過的，所有的事都是你的一面之詞，包括那個神秘的委託、『傷痕無數』……等等，一切的一切都可以是你的安排。」

「但你看過我的MSN紀錄！」我有點生氣了，他在說什麼啊？

「你先別激動，聽我講完。」他好整以暇地喝了一口茶。「沒錯，我看過你電腦裡的MSN紀錄，但這證據力對警察來說實在太薄弱，要作假其實並不難。」

「是嗎？你應該知道我不太懂電腦的。」

「沒錯，我知道。還記得是我要求你讓我看你的電腦，把MSN紀錄給叫出來？這其實是在測試你，如果你不肯給我看，或是你主動說要給我看，那你的嫌疑就很重了。」

「很好，那現在我的嫌疑洗清了？」

「老朋友了，犯不著生氣吧？」他用力拍了一下我的肩。「你的嫌疑在我心裡的確洗清了，但警察可不一定這麼想，但如果真要說你是兇手，有幾個問題還必須解決，首先第一個，就是動機。」

「沒錯，我一直擔心我曾經在某個場合認識王馨儀，但事後自己卻忘了，這件事要是沒主動告訴江警官，而是讓他自己查出來，那我的處境一定非常不利。」

「所以你運氣好，這部分江警官一直沒查到什麼。所以到後來，江警官其實也沒真的多懷疑你。」他用手摸了摸臉頰。「你是兇手，這是最容易的答案，警察只要證明你的說詞是謊言就行了。但如果你說的是真的，你的確不是兇手，那問題就比較複雜了。」他的聲音理性不帶感情。

「怎麼說？」

「『傷痕無數』為什麼要大費周章約你過去『巴黎戀人』發現屍體？他難道不能就一走了之，讓打掃的歐巴桑發現屍體就好？這件事我們曾經有過幾個猜測，首先是他想要確定屍體被發現的時間。他約你十點到十一點半之間，安排在那個時間讓屍體被發現對兇手有什麼好處？」

「跟他的不在場證明有關？房間的冷氣很強，這應該某種程度可以混淆法醫對死亡時間的判斷？」

「我本來也是這麼想，但這禁不起仔細的推敲。如果要安排屍體被發現的時間，有太多的方法可以採用了，一通簡單的電話就可以辦得到，何必把一個原本不相干的人扯進來，平添許多變數呢？」

「有點道理。」我點點頭。

「所以我就把這種可能性先放在一邊。另一種可能，是兇手想要嫁禍你，這其實就合理多了，因為它幾乎就要成功，一開始你的確因為這樣而變成警方心目中最可疑的嫌犯。」他淡淡地笑了笑。

「我跟兇手有仇嗎？」我盯著Andy問。

「那倒不一定，兇手嫁禍給你不一定跟你有仇，他可能只是想找個替死鬼，為自己脫身而已。但兇手自作聰明地耍了這一手，反而留下了許多線索給我們。」

「什麼線索？」

「除了他對王馨儀有殺人動機，他還一定跟你、跟阿智有某種關聯。他知道你的職業，也知道你曾經替阿智出過情歌快遞的任務。」

「的確是。」我又點點頭。

「從兇手這一頭，我的推理到這裡大概就到底了，我們對他有了一些初步的了解，但還不清楚他到底是誰。接著，我們必須從被害人，也就是王馨儀這頭來推理一下。我和你一共拜訪了三個江警官所謂的『王馨儀的男朋友』，阿崑、Monkey還有張俊宇。這三個人中，有誰符合我們對兇手的基本了解呢？

「首先是阿崑。我知道你對他的第一印象很不好，但我們先不談感覺，談談實際的證據。對他最主要不利的事證是：『傷痕無數』曾經在他打工的戰略高手上網，這點的確值得懷疑。但他是怎麼和你還有阿智連在一起？這點我實在找不出什麼證據。再來，阿崑那副老粗的樣子，實在也不像擁有能規劃出這種犯罪的頭腦。」

「還有另一點你漏掉了。」我提醒。

「你是說從戰略高手有個女人打電話給你？這件事剛發生的時候我的確有點亂了手腳，這跟我的推理不太符合。但你仔細想想，那女人的口氣和ＡＡ是不是大不相同？兩個人真的是同一個人嗎？」

「這點我也想過，她們的確可能並不是同一個人。」

「這麼說吧！阿崑可能有個女朋友，基於某種原因他並不想曝光，而這個女朋友知道阿崑正被你調查，出於擔心，所以匿名打電話要你罷手。怎麼樣？這個故事若是成立，那麼匿名電話從戰略高手打出來並不能證明些什麼。」

「所以你認為阿崑不是兇手囉？」

「別急、別急，別走這麼快。我們再來看看下一個嫌疑犯，Monkey。對他不利的事證其實滿少的，只除了一點，他是幾個嫌疑人中唯一對王馨儀有真感情的。濃烈的感情容易引導出激烈的行動，而和一般人認知不同的是，愛與恨常常是一體的兩面，所以我對他的懷疑剛開始其實比阿崑還深。」

「那他是怎麼和我以及阿智連上關係的？」我說。

「Monkey是跑腿幫的一員，每天不是在網路上接單就是在路上出任務，他會不會在跟同事的對話中聽說過你？例如『去學點樂器吧！有個懂樂器的傢伙和我們一樣跑腿卻可以收三千塊耶！』之類的。至於阿智，說不定他曾經也接受過Monkey的跑腿服務呢！」

「你不是講究證據嗎？這都只是你的猜測而已。」我冷冷地說。

「哈！」他輕笑一聲。「我知道你挺喜歡Monkey的，只是試你一下。你說得沒錯，這些都只是猜測，連我自己都說服不了自己。」

「所以你認為Monkey不是兇手？」

「還是那句老話，別太心急。」他好像有意賣關子似的又喝了一口茶。「再來，我們看看第三號男朋友，張俊宇。他和阿智的關係是顯而易見的，他們都在同一家網路公司上過班，有太多機會可以知道你和阿智之間的關係。除此之外，他對網路應該很熟，這個案子有太多網路的影子，我相信兇手一定和網路有某種程度的關聯。」

「那動機呢？」

「動機好像早就準備好在那裡一樣，張俊宇有個穩定交往的女朋友，他很珍惜和那個女朋友的關係，你想想看，如果王馨儀打算破壞這段感情，氣急敗壞的他會做出什麼事？」

「所以，兇手是張俊宇？」

「我可沒這麼說喔！我只是認為，在這三個嫌疑犯之中，張俊宇是我認為嫌疑最重的。但為什麼嫌疑犯只有這三個人？有些時候，我們的思考很容易自我設限，這三個嫌疑犯是江警官丟出來給我們的名單，他們的確有許多可疑之處，但，難道就沒有別的嫌疑犯嗎？」

「你指的是誰？」

Andy坐在椅子上微笑不語，低頭看著自己手中的茶，像是正在琢磨到底該怎麼開口，又像是在享受著真相揭曉前的那一刻。

「有一個人，」他終於開口了，「他和阿智還有你的關係同樣是非常明確，動機更是不言可喻，至少不會比張俊宇弱，而且他也同樣對網路非常熟悉。無論是在各個層面，他都更有嫌疑犯下這件殺人案。最重要的是，他是一切事情的源頭，但卻因為我們思考上的自我設限，所以一直沒有把他給揪出來。」

「你說的是……」

「阿智！我認為阿智才是真正的兇手。」

二十七

「阿智？」

「沒錯。」他很有自信地說。

「動機呢？」

「你曾經說過他和未婚妻婉菁分手了。你知道原因嗎？我想，王馨儀可能正是原因吧！婉菁正是因為發現了阿智與王馨儀的不正常關係，所以才與他解除婚約。這件事對他的打擊很大，所以他才會因氣憤而生恨，決定把王馨儀殺掉。」

「果真如此的話，『傷痕無數』為何要說他是阿智介紹來的？他大可以隱藏自己與這件事的關聯啊！」

「這正是他高明的地方。他的計謀可以說有兩個層次，首先是嫁禍給你。別說不可能，笨一點，更急著破案一點的警察說不定會栽進去這個陷阱。但他對你的掌握其實很低，萬一你有明確的不在場證明，那麼想嫁禍給你就變得難度很高。所以他計謀中的第二個層次，才是他真正想嫁禍的對象，那就是張俊宇。

「依我們剛剛的推理，張俊宇的嫌疑其實是很重的，他有動機，技術上也擁有完成這種殺人的方法。但若不是他跟阿智有層『前同事』的關係，他的嫌疑其實並不會這麼突顯。阿智藉著主動把自己跟這件案子扯上關係，一方面可以監控這個案子的發展，時不時丟出一些暗示去引導辦案方向，同時也可以把張俊宇的嫌疑更加深一層。

「他曾經在聊天室刻意和別人聊起情歌快遞，也在公司這麼做過，這樣做的用意，正是試圖讓更多人知道你，把嫌疑犯的名單擴大，好讓自己目標不那麼顯著，再伺機想辦法讓大家把矛頭轉向張俊宇。你問他是否認識張俊宇，他是不是給你肯定的答案？就算你不問，他也會想辦法暗示你。還有那個ＡＡ，我想應該是他開始急了，所以動作變得更明顯。他刻意到公司附近上網留話給你，表面上要你罷手，其實正是要引導你去查上網的地點，把矛頭再一次對準張俊宇。」他一口氣說了一大串，說完捧起杯子大大的喝了一口茶。

「你是從什麼時候開始懷疑阿智的？」我問。

「應該是發現阿智和張俊宇是前同事那個時候吧！但其實在聽阿智那個『灼熱的憤怒』的故事的時候，我就隱隱感覺不對勁。怎麼會有人記得那麼清楚幾個月前聊天室的對話，而且還是個男的？」

我不知道該說什麼，只是低著頭。

「這就是我的理論，你覺得怎麼樣？」他滿懷希望地看著我。

「聽起來好像很有道理，但我還是有些不懂。」

「哪裡不懂？」

「Andy，別再說謊了。」我嘆了一口氣。「殺王馨儀的人，應該是你吧？」

二十八

「我？阿駒你瘋了嗎？」他不可置信地瞪大了眼，但驚訝只浮在他的表情上，薄薄的一層，在他的眼神裡我讀到的是更複雜的情緒。

「我沒瘋。王馨儀是你殺的。」我還是冷靜以對。

他不怒反笑，伸手拍拍大腿說：「阿駒，這種指控很有意思，你是想要和我來個推理競賽，就像我們以前讀推理小說猜兇手一樣？不過我可要提醒你，以前我們玩這個遊戲，你可從來沒贏過喔！」他看了一眼窗外，接著說：「說說看，假設兇手是我，只是假設喔！我是怎麼樣犯下這個案子的？」

「細節我也不是很清楚，但是我知道就是你。」

「這樣賴皮可不行，說我是兇手，總得編個故事出來吧？」Andy兩手一攤，擺出一副受不了的模樣。

「你要聽故事？那沒問題啊！我的版本是這樣的：你和美雯分手，其實正是因為王馨儀。你不知道怎麼回事認識了王馨儀，八成也是在那個萬惡的聊天室。你和她產生了感情，也發生了關係，但這件事終究紙包不住火，被美雯知道了，所以她決定毅然決然跟你分手。套句你剛剛自己說過的話，你『因氣憤而生恨，決定把王馨儀殺掉』。這就是我的版本。怎麼樣？」

「阿駒，你這個故事很沒創意，都抄我的嘛！而且裡面不清楚的細節很多，恐怕沒辦法說服我哪！首先，我怎麼會知道阿智？」

「半年多前你的論文還沒那麼忙，我們常常碰面，而且我記得我並不避諱也常常跟你聊到我出的快遞任務，我想一定是那個時候我曾經對你說過。」

「你跟我說過嗎？我怎麼不記得？就算你說的有可能，我又怎麼會傻傻地告訴你我是阿智介紹來的？更重要的是，我怎麼會故意把你拖下水，你可是我最好的朋友耶！」

「我知道你並沒有害我的意思，所以你才會幫我從警察局脫身，還打算幫我一起查這個案子，以免我真的被你陷害。你主要的用意其實是想要從側面加入這個案子的調查，隨時想辦法主導偵查的走向，這和你的版本裡阿智的想法是一模一樣，只不過你更積極主動多了，以嫌疑人的辯護律師的身分，把手伸進整個案件中，無論是官方的或是非官方的調查方向，都被你操縱在手掌上。我記得剛接到那個委託之後沒多久，我還曾接到你的電話，現在回想起來，你一定是怕我們太久沒聯絡，我出事的時候想不起來聯絡你，或是擔心你論文沒寫完不敢打擾你，所以刻意埋下伏筆，跟我提醒自己的存在和法律的專業，好讓你可以順理成章的介入到這個案子裡。還真是用心良苦，而且你也真的成功了，我難道不是被抓到警局就只記得打給你嗎？」

「想不到我對朋友的關心，居然被解釋成這樣啊？」他苦笑地抓抓頭。「但，你要怎麼解釋『灼熱的憤怒』曾經在聊天室跟阿智搭訕？難不成阿智跟我串通好了？」

「阿智應該並沒有跟你串通，他只是被你利用了。你故意上聊天室和他攀談，刻意聊到情歌快遞，讓他留下深刻的印象。你從幾個月前就開始在規劃這件謀殺案了，以你的聰明才智，這點小小的安排難不倒你。」

「可是，每個人在聊天室裡都可能化身成另外一個身分，就算我的確聽你提過阿智，我又怎麼在聊天室認出他？」他說。

「這的確是個問題，不過我跟阿智確認過了，他在聊天室用的基本上就是『阿智』這個暱稱，要認出他，一點也不難。」

「好吧、好吧！想不到事情可以被你解釋成這樣。我承認目前為止你的版本還說得通，但如果我真的是兇手，那麼我應該盡可能避免出現在案發現場，而『巴黎戀人』的小瑜見過我，怎麼我會傻到冒這種風險和你去『巴黎戀人』問話？」他露出得意的表情，像是抓到我推理的漏洞。

「你當然一點也不傻，你也沒有冒什麼風險。那天，你變裝了。」我篤定地說。

「外型上你最大的特色就是一頭長髮還有高瘦的身材，但你犯案那天刻意改變穿著風格，還記得小瑜的描述嗎？『高個子』、『運動風』、『棒球帽』，你平常很少穿運動風的衣服，那天刻意改變造型，再用棒球帽遮住長髮，讓小瑜不要對你的外型留下太深刻的印象。接著陪我去『巴黎戀人』那天，你又藉口要模仿警察，刻意剪了個小平頭，還穿上襯衫、休閒褲和皮鞋，更刻意的是，你甚至戴上了黑框眼鏡，警察一定得戴這種眼鏡？這麼徹底的變裝，你是一點風險都不願意冒的。」

Andy靜靜聽我講，臉上的表情越來越複雜，偽裝的滿不在乎漸漸剝落，等到我說完，他的從容自若已經不見了。

「這些都只是你的猜測，你有證據嗎？我真搞不懂你怎麼會有這麼離譜的想法。」

「從這個案子開始以來，你就一直在我左右，扮演一個名偵探的角色。直到後來，我們才分道揚鑣各自查各自的。」我看著他，突然有一種不捨的感覺。「那個時候我才真正開始思考，開始不再甘於做個華生。我收集到的資訊越多，就越有個聲音在我心裡告訴我自己：『夠了，破案的線索都已經到齊了，你不能再用繼續調查線索來逃避思考。』但是我真正開始懷疑你，其實是昨天晚上才開始的。我還沒告訴你，昨晚我遇見美雯了。」

Andy嚇了一跳，沒料到我會突然提到美雯。「美雯？她……她還好嗎？」他遲疑著問我。

「我不知道她過得好不好，我只和她短暫聊了幾句。但和她分開以後，我一直說不上來哪裡怪怪的？有種不知哪個小細節不協調的感覺，這種感覺好像鯁在我喉嚨的魚刺，我知道它在那，但卻不知道怎麼把它給弄出來。後來我和小堇講電話，或許是她說的話觸動了我，赫然間我才弄清楚到底是什麼讓我覺得怪怪的。」

「我不懂。」

「還記得你是怎麼跟我說你為什麼和美雯分手的？『沒有第三者，但日子久了，人總是會變』。這是你的說法，而我也自作聰明的把你和美雯的情形類比到我和小堇的狀況，以為都是差不多的情形，所以也就沒有再多問。但美雯和我說的話，卻給我一種不協調的感覺，好像你和她的分手，是因為你對不起她。她當時話沒有說得很清楚，我今天早上打電話給她，她才跟我說，你們分手是因為有了第三者。換句話說，你跟我說了謊。」我一口氣說到這，看了一下Andy的表情，他好像突然一下子被抽光了靈魂，兩眼無神地瞪著前方的空虛。

「就算我說了謊，也不能證明什麼，我本來就沒義務跟你報告我的感情生活。沒錯，我對不起美雯，我心裡有鬼，這不也正說明了我為什麼不願意對你說實話嗎？」他辯解，軟弱無力地辯解。

我點點頭。「嗯，你的確沒必要在感情生活上跟我說實話，但有句話說：『謊言往往比實話透露更多真相』。當我發現你說謊，我自然會開始懷疑你，思考的方向就一下子轉到了你的身上。當我開始認真的懷疑你，才發現你其實一直主導著整個案情的發展。」

「我聽不懂你在說什麼。」

「從一開始我就和江警官處不來，所以你自告奮勇去處理需要和江警官聯繫的那個部分。從那個時刻開始，我和江警官的聯繫就被斬斷。我們這邊查到了什麼，是由你決定透露多少給江警官；反過來也是一樣，江警官查到了什麼，也是由你來決定讓我知道多少。」

「你和他處不來，這可不是我能操控的。」

「沒錯，我不喜歡他剛好給你提供了絕佳的機會。但就算我不討厭他，你也會找其他理由不讓我跟他直接接觸，諸如你是我的律師，必須由你來接洽法律相關事宜等等諸如此類的理由。」

「這也只是你的猜測而已。」

「沒錯，這只是我的猜測而已。但你知道嗎？今天早上我拋開身段直接跟江警官聯繫，我發現了很多有趣的事情。」

「……」他沉默不語。

「首先，你告訴我江警官提供了三個嫌疑犯的名單給你，就是阿崑、Monkey還有張俊宇。但江警官卻不是這樣跟我說的。王馨儀的隨身物品裡有一小本電話號碼本，裡面有上百個電話號碼，所謂『他的名單』其實就是這個小本子。他拷貝了整份名單給你，但你卻只告訴我三個人，為什麼？第一，或許你自己的號碼也在裡頭，你當然不能讓我知道。不過我想你應該不至於留下這麼大的破綻，我猜，你應該早就把你自己的資料給擦掉或撕掉了吧？」我看了看他，他低著頭沒說話，我又接著說：「第二，你希望透過限縮這份名單來把我們調查的方向鎖定在聊天室的情殺，如果看到一份洋洋灑灑幾百個名單，也許我早就放棄調查，完全交給警方。若是這樣，你也就失去了繼續操控案情發展的能力。」他還是沒說話。我低頭喝了口茶，但茶早就涼掉了。「要操控江警官並不容易，所以你只好透過這種手法去扭曲資訊，這不能算是你的失誤，只能說你太低估我。但是另外一件事，就真的是你的失誤了。」

他還是沒說話，但抬起頭拋給我一個疑問的眼神。我接著說：「你的失誤就在AA的身分上。我在想，你原本打算陷害的對象應該是阿崑吧？所以你才會刻意跑到他上班的戰略高手去MSN我，但隨著案情漸漸發展，你發現阿崑似乎不具備這樣的才華去犯下這種風格的案件，他與我們對兇手的側寫形象差太遠了，而正好在這個時候，江警官那頭意外發現了阿智和張俊宇之間的關聯。我想，對你而言這同樣是個巧合，所以你打算趁勢而為，把陷害的對象從阿崑改掉。所以，你繼『傷痕無數』和『灼熱的憤怒』之後，又創造了一個新的身分，也就是AA。你故技重施，刻意到內湖科學園區的網咖上網，想要轉移調查的重心，只可惜你這次可能因為匿名電話又把矛頭指回阿崑，所以自亂了陣腳，太心急地想要扭轉回來；也可能是我表明完全不想跟江警官聯繫，讓你太過放心，總之你根本沒等到江警官他們查證的結果，馬上就急著告訴我這個『警方的發現』。但今天我打電話給江警官的時候，才知道他根本還沒查出那個AA上網的位置，所有的一切都是你編的，這是你很大的一個失誤。」

「……」

「以上這些，應該不能算只是我的猜測了吧？其實，還不只這樣。或許你是太過自負了，所以有些地方在我看來是有點畫蛇添足，反而留下了破綻。」

「什麼破綻？」

「還記得『巴黎戀人』的張經理曾經說過什麼嗎?」

「『巴黎戀人』是一家正派經營的汽車旅館?」

「除了這個,他還提到過有位『白先生』曾經打過電話預約訂房。你可能太急著把這個事件往我身上栽,斧鑿的痕跡太過,留下了好大一個破綻。」

「什麼意思?」他好像已經放棄辯解。

「除了你之外,沒有人知道我姓白!我的網站可沒有寫我的名字,跟我不熟的人也只知道我叫阿駒而已。」

最後的這段話,似乎徹底地擊潰了Andy的防禦。他垂著頭,手掌捧著茶杯,手指來回撫摸著杯子,像是全身上下只剩手指還能動,全世界只有這個杯子還能引起他的興趣。

「我還有其他破綻嗎?」過了好長一段時間,他才像是又恢復了說話的能力。

「大概就是這樣吧!剩下的,要靠你自己補充了。我真的不懂,到底是什麼樣的困境、什麼樣的難題,非得要靠殺人才能解決?你那麼聰明,難道想不到別的解決方式嗎?」

「殺意可不像你的痛風,」他說,「發作的時候吃藥就好。我的腦子裡就像有蟲在鑽，我沒辦法克制殺了她的欲望，我唯一能做的，就是用最聰明的方式去完成它。」他嘆了一口氣，像是豁出去一樣地說：「你的推理大致上沒有錯，只不過我不是在聊天室認識她的。我是因為一時好玩，打電話找了個女人，也就是王馨儀。我和她一開始很單純，就只是肉體的關係而已，但後來我卻發現我對她越來越有感覺，對她越來越在乎。我開始害怕起來，覺得我沒辦法掌握她。我那麼愛她，那她呢？她也愛我嗎？我知道這很傻，但愛情不就是這樣？」

「那美雯呢？你不愛她了嗎？」

「我也愛她。我知道這聽起來很過分，但我兩個人都愛，兩個人都不想失去。美雯一直陪在我的身邊，但王馨儀，卻在那段時間裡，占據了我所有的心思。她不接我電話，我會胡思亂想她是不是正和別的男人在一起？她一個不經意的小動作，我也會拚命解讀到底是什麼意思。總而言之，我是完完全全被她迷住了。我和她都是透過電話聯絡，但我知道她常常上尋夢園聊天室，所以我瞞著她，偷偷上聊天室觀察她。別用那種眼光看我，我這樣很像個變態，對吧？」他苦笑了一下。「我自己也知道，但我就是沒辦法。我對她在我看不到的地方的面目感到好奇，所以我在聊天室裡窺伺她。但這麼做只是讓我更痛苦而已，我發現，聊天室根本就是她招攬生意的地方，她在聊天室像一隻翩翩飛舞的花蝴蝶。我這麼珍視的人，卻是個在聊天室招攬客人的援交妹！」

「可是，你不是早就知道她是這樣的人嗎？」

「你講得沒錯。但『知道』和『親眼看見』畢竟還是兩回事。我每天在聊天室看著那些淫聲浪語，心情實在是沒辦法平靜。更糟的是，美雯終於發現了我和王馨儀之間的關係，她要跟我分手，我說不出任何一句挽回她的話，就這樣眼睜睜地看著她離開。我的心好痛苦，你明白嗎？」我拍拍他，表示理解。「從那個時候，我就對王馨儀產生了殺意。都是她！如果不是她，我擁有的一切都不會失去，我不會變成這樣……」他用手擦了擦流下的眼淚，繼續說：「我的殺意醞釀了好一陣子，直到一個偶然的機會，我在聊天室看見了阿智這個暱稱，所以我故意跟他搭訕，確認他的確就是你跟我聊過的那個阿智。我和他邊聊，一邊殺人的計畫在我腦袋中成形。王馨儀的男女關係這麼亂，如果她被殺掉，嫌疑犯一定是一籮筐。我從來沒有和她在聊天室聊過，所以我想，如果能把偵查的方向引導到這個聊天室，那警察應該會陷入一團糾結的亂麻當中，那我就安全了。」

「原來如此。」我點點頭。

「接下來的事情你也知道，我跑去台中註冊了個MSN帳號，電話約好王馨儀後打到『巴黎戀人』訂房，又去阿崑上班的戰略高手透過MSN委託你出任務。阿崑時常約女孩子到那邊，所以要知道哪間店一點也不難。事情當天，王馨儀高高興興地赴約，我的殺人計畫順利執行，簡單得讓我不敢相信。但當我手拿著沉甸甸的菸灰缸，看著王馨儀的屍體躺在血泊之中，我還是慌了手腳。我記得擦掉指紋，把她的手機取走，但卻漏掉了她的電話本。我根本沒想到這年頭還有人用這種方式記錄電話號碼。後來從江警官那得知有本電話本存在的時候，我嚇出一身冷汗。但很幸運地，王馨儀的本子記錄的是比較不常用的電話，也就是透過聊天室和她聯繫的人，我的電話不在裡面，只儲存在她的手機裡。」

「如果本子裡面有你的電話，那麼你的詭計就全盤皆輸了，你很幸運。」我說。

但我其實不確定這是幸運還是不幸。

「或許吧！我選定阿崑、Monkey還有張俊宇，是因為我看到他們不止一次和王馨儀聊天，甚至我還冒充王馨儀的暱稱——Angel和他們聊了幾次，對他們最為熟悉。而且你說得沒錯，我一開始鎖定陷害的對象的確是阿崑，因為我最討厭他，他總是用最骯髒的字眼和王馨儀聊天，我受不了他。如果一定要陷害一個無辜的人，陷害他我最沒有心理負擔。」

我看了一眼窗外，Andy變了，以前的他，雖然說風流不羈，卻從來不願意傷害人。但現在……是什麼改變了他？

「你猜得沒錯，阿崑這個嫌疑犯很讓我失望，他表現得和這個案子的犯案風格相差太遠，就算我能牽著你的鼻子走，警察那邊我也沒把握。正在傷腦筋的時候，剛好警察意外發現了阿智和張俊宇之間的關聯，這對我來說是個機會，卻也是個危機。我本來布置在阿崑身上的手腳現在都行不通了，我必須另起爐灶。但究竟是張俊宇，還是阿智？經過思考之後，我發現我冒不起再一次押錯寶的風險，所以我決定先不急著做決定，看看風向再說。和你分開調查的那段日子，事實上我把大部分的時間花在江警官那邊，從旁觀察警方的辦案方向。後來我發現警方似乎對阿智的懷疑要多一些，所以我決定借力使力，做點手腳讓阿智的嫌疑更重。」

「所以有了ＡＡ這號人物？」

「所以有了ＡＡ這號人物。但也許我真的太心急，這裡露出了這麼人的破綻……」

「現在呢？你要去舉發我嗎？」他長長的告白告一段落，抬起頭望著我問。我該去舉發他嗎？他是我最好的朋友，雖然犯了罪，但是我又怎麼忍心親手葬送他的前途？但，如果我不這麼做，那死掉的王馨儀呢？還有傷心欲絕的王伯伯呢？更實際一點，阿智呢？他會不會就此背負了一個他從沒犯過的罪，接受法律制裁？

天平的一邊是友情，一邊是正義。我該選哪一邊？

「Andy，我不會舉發你，你去自首吧！」我說。

「自首？」

「是的，你去自首吧！」我嘆了一口氣。「你的確是很聰明，設計出這樣的犯罪詭計，我如果不是運氣好，也不容易拆穿你的詭計，所以你的確是很有機會逃過法律制裁的。但是，你逃得過自己良心的譴責嗎？我很了解你，你不是這種鐵石心腸的人。我相信，你的殺意和犯罪衝動驅使你做出了這麼可怕的事情，但在殺人執行完成的那一秒鐘，看著王馨儀血淋淋的屍體，你應該立刻就後悔了。」聽了我的話，他把頭埋在膝蓋裡，一動也不動。

「況且陷害一個和你完全無關的人，讓他為了你犯的罪接受制裁、葬送前途，你的良心能夠安嗎？還有王馨儀的爸爸，現在我終於了解為什麼我一提議要約王馨儀的爸爸見面，你就忙著跟我分頭調查，因為你根本不敢面對她爸爸！你根本沒自己想像得那麼刀槍不入，實際上你脆弱得很。這段時間以來，我看著你日漸消瘦，越來越憔悴，本來我以為你是為了美雯，再加上查案的辛苦。但我現在才知道，你正受著良心的痛苦煎熬啊！何不給自己一個解脫？你終究是逃不過的……」他的頭埋在膝蓋裡，我看不見，但我聽到嗚咽的聲音透過層層阻礙傳了出來。

「我昨晚遇到美雯，她要我告訴你一件事。」我繼續說。

「什麼事？」他哽咽的聲音從雙腿間傳出來。

「她要我告訴你，」我吸了一口氣，「她已經原諒你了。」

Andy的頭陡然抬起，我看見他整張臉已經被淚水弄得一塌糊塗。他抓著我的手臂拚命地搖著：「真的嗎？真的嗎？她是怎麼說的？告訴我，告訴我！」

二十九

我穿著黑色套頭毛衣、黑色皮褲，開著Civic沿濱海公路往萬里方向走。我一個人開車，不過副駕駛座卻不是空的。上面放了一束花、三張卡片，還有〈逃亡天使〉的歌譜，行李箱裡躺著一把吉他。

天氣很差，天空陰沉沉的壓下來但卻又不爽快的下雨，讓人很難開朗得起來，但恰恰好適合今天的心情。沿著九號濱海公路一路向東，經過三芝「山小海大」那藍白交錯的可愛小屋，不由得讓我想起一年前這裡的阿智和婉菁。那天，記憶中是個藍天白雲的好天氣。

差幾公里到金山市區，我順著「朱銘美術館」的指標往右轉上陽明山。才剛離開海邊，馬上就進入山區，在台灣北部恐怕也只有這個地區有這種得天獨厚的地形。山上的天色更顯陰暗，但還是沒有下雨，只是陣陣吹來的風帶來豐沛的濕潤水氣。才不過十一月，就已經感受到了涼意。

在山路蜿蜒了十幾分鐘，一個右轉進入山坳，降下車窗，跟警衛點頭打了聲招呼，我把車開進「平安園」。這裡是一個基督教的墓園，花木修剪得非常整齊，背後倚靠著翠綠的山，前面懷抱著一整片大海，該是個風水很好的地方吧？我猜。很適合沉思，也很適合長眠。

停妥車子，我捧著花束下車，花了幾分鐘的時間滿園晃了一晃，王馨儀的照片在一方石碑上被我找到。這是我第二次看到她的照片，這張照片裡面的她看起來年紀比較小，清秀的臉龐脂粉未施，似乎還穿著國中制服，應該是王伯伯提供的照片吧？

我把花束放在她的墓前，然後轉身回到車上，把吉他、卡片還有歌譜拿下車，再回到那張照片前面，我感覺到她在對我微笑。

我把卡片一張張的放在花束前面。第一張卡片是Monkey的，上面用漫畫的筆觸畫了一隻搔著頭的猴子，長長的尾巴彎成一個圈翹在猴子頭上，對話框裡寫著一句話：馨儀姐，希望妳在天上過得平安、幸福。

第二張卡片是來自王伯伯，他以歪歪扭扭的字跡，絮絮叨叨地寫著：馨儀，已經半年了，爸沒有一天不想著妳，天氣漸漸轉涼，妳會冷嗎？白先生人很好，他說會去看妳，所以我託他帶這張卡片給妳。妳知道嗎？雖然妳已經離開這個世界，但現在卻是自從妳離家出走之後，我覺得最接近妳的時刻。下個月妳生日，我會再去看妳的，要不要爸帶什麼東西去給妳？妳小時候最喜歡的洋娃娃好不好？我把它帶過去陪妳，妳就不會孤單了……

最後一張卡片，是來自Andy。他沒寫太多話，只簡單地寫著：對不起。不奢望妳原諒我，但請相信我已深深的懺悔。

我捧著吉他，慢慢坐在略顯潮濕的草坪上，清了清嗓子，開始輕聲唱著。

天是灰的　密不透風的網
樹孤立著　張牙舞爪的狼
路是遠的　海市蜃樓的天堂
風不停吹　逆風掙扎向前爬

伸手觸摸　幸福幻想支離破碎

香菸酒精　蒼白我的年少輕狂
抬頭仰望　腐敗空氣舞動黑暗
闔上雙眼　無聲吶喊四散瘋狂

轉身　低頭　揮手甩開虛假的誘惑和年輕的滄桑
冷漠　堅強　故作優雅的穿戴起虛無飄渺的武裝
預備衝刺　逃亡

潮濕的家　掙扎的夢　我想逃亡
發酸的承諾和污穢的謊話　我要逃亡
你在那邊我在這邊　距離築起一道防火牆
請帶我走或是殺死我　無力再逃亡

一曲唱完，我把〈逃亡天使〉的歌譜放在另外三張卡片的旁邊，拍拍屁股的塵土，起身靜靜地站在王馨儀墓前幾分鐘，然後轉身離開。

坐在車裡，雙手扶著方向盤，我無法克制的眼淚汨汨流出，我想著小堇、想著阿智，也想著Andy和Angel的故事。當然，還有關於幸福和不幸福的故事。我不知道什麼是幸福，什麼是不幸福，但或許真正的幸福是不需要定義的，當它翩然來臨的時候，你自然就會知道了。

天氣漸漸好轉，我把車窗降下，讓海風拍打著我的長髮。踩下油門，我加速、再加速，把所有的鬱悶遠遠地拋在後頭。

掏出手機，我撥給小潔。

「公公，你忙完了嗎？」她撒嬌的聲音透過手機傳來，我可以想像她甜甜的笑。

「嗯。上班累了吧？我現在就去『美依』接妳下班！」我說，也帶著微笑。

「太好了！等你喔！」

眼淚不知什麼時候已經被風吹乾，我掛上電話，心裡計算著還有多久開到「美依」。

別問我這是不是幸福，快遞幸福不是我的工作。

第一屆「島田莊司推理小說獎」得獎作品評語

日本推理小說之神／島田莊司

這個作品最大的優點，大概就是作品中的一切，即使是非常細微的部分也描寫非常自然。作者非常高明地攫取了台灣年輕人們的日常生活，以極其自然、沒有矯飾的文體呈現出來。

雖然我只能看懂翻譯成日文的文章，但是這個作品所擁有的溫暖或自然的氣氛，及其描寫網路時代特有的冷漠空氣、高度匿名化社會的危險，乃至於對必然來臨的時代感到不安，又不得不在這樣的環境下發展戀愛的心情等等，在作者充滿年輕氣息的輕快節奏中表露無遺，讓讀者產生共鳴，這樣的寫作技巧令人佩服。

話雖如此，擔心讀者在和自己的日常生活做比較後，會感覺不到作品的特殊性而對作品提不起興趣，所以作者設定了一個為戀人們創作情歌，並且現場演奏情歌的獨特職業。現在年輕人大多會彈一點吉他之類的樂器，甚至可能有自己創作歌曲的經驗，作者利用這一點來拉近主角與讀者之間的距離，這些設定上的拿捏恰到好處，相當高明。

然而推理小說總少不了殺人犯案這種刺激的情節，所以作者也給了我們殺人事件。而這個事件並非精心策劃、天馬行空的殺人計畫，解謎時也沒有太詭譎的技巧。那是一個在現實範圍內可能會發生的事件，謎底揭曉時也沒有給讀者太大的驚奇。

這種作風的寫法，是把犯罪這種非日常的事件當成生活中的調味料，不破壞整個故事的自然走向；把血腥悲劇帶給人的震撼，埋藏在流暢演進的敘述之中，而不去突顯案情的慘況。能夠達到這樣細膩的寫法，可以說是寫作的高手。

過去日本得到眾多讀者支持的作家的作品，經常可以看到這樣的風格。成熟讀者在閱讀上自有定見，這樣的人並不期待看到與自己的生活差距太大的事件，看到那樣的作品時，會批評作者的故事不夠成熟，也會抗拒所謂名偵探有如神助般提出的推理理論。他們能接受的作家是重視文學性的創作者，那樣的作家不會胡亂地為了預留伏筆而造成文章不流暢，也不會大費周章地要弄物理性的機關。這類作家會慎重地以自然主義的風格來處理作品，把不自然的人工性元素減到最少，秉持著這樣的原則來創作。以松本清張先生為首的「社會派」作家，擁有能夠以自然主義的風格來寫偵探小說的才能，或者說，他們是有能力在作品中適度地加入推理要素的創作者。這種類型的作品，受到眾多資深讀者喜愛。

這位作者擁有開創時代新局的才能，也擁有寫出恰如其分文章的文采，只要加上日後的精進，我認為日後必定會擁有眾多讀者的支持。

在日本，這種寫作風格的作家發行了許多暢銷作品，在經濟層面看來，他們足以支持包括本格在內其他類型推理小說的銷量。如果沒有這類作家的存在，許多實驗性高、具先鋒性格的創作大概也就不被允許，就連推理小說的壽命恐怕也難以延續。不過，在解說這些道理之前，我已經先被這部作品感動，閱讀的時候感到十分愉快。我覺得這位創作者將來一定不會在以台灣為首的華文小說界缺席，而且一定不吝於貢獻自己的力量。

擁有這種自然風格的才華相當寶貴，我對本作品的讚賞也不會有所保留。但是，這樣的風格卻沒有辦法用在琢磨本格推理的創作理論，也不能幫助作者成就新的題材，缺少了構思上的進步。就這點來說，這種風格的作品不夠先進，而且因為顧忌太多，不能給予更多的本格派作家知性上的刺激，也欠缺誘發更多外圍的人踏入這個領域的力量，因此當然無法把自己的作品送進歷代的名作之林。然而這就像我剛才提過的，這並不影響這部作品在我心中的評價。

冰鏡莊殺人事件

林斯諺 著

《冰鏡莊殺人事件》是典型的本格推理，但設計上卻能推陳出新，整體的結構更是極為繁複而細密。八件「不可能的犯罪」，林斯諺很巧妙地把大案和小案並列，顯得變化多端，另外屍體的「陳現」或「消失」的方式，也都極其特殊。而除了不可能的犯罪之外，連續殺人、身分變化，甚至部分敘述性詭計……內容「多元而豐富」，使這部長篇推理給人感覺十分紮實，事件一樁接一樁，幾乎全無冷場。

——【資深影評人、譯者】景翔

這是座隱身於荒寂之地上的山莊，
冰冷的氣息，在灰色的世界裡凝結成霜，
而頭戴桂冠的月之女神，正低頭俯瞰著這一場殺戮的誕生……

陷阱，你或許可以逃開；但，精心編織的謊言呢？

知名企業家紀思哲，意外地收到了怪盜Hermes的挑戰書，上面不但言明將盜走他收藏的康德手稿，甚至還大膽預告了下手的時間。
沒有多作考慮，紀思哲決定親手逮捕這個囂張挑釁的Hermes，並邀請眾多賓客來到他位於深山中的別墅「冰鏡莊」，一同為他作見證。其中，也包括了業餘偵探林若平。
但是來到「冰鏡莊」後，敏銳的林若平馬上嗅到一股不對勁，因為他發現，這山莊裡所有的人其實都各自隱瞞了一些秘密。
隨著時間一分一秒過去，預定的時刻終於來臨，但怪盜Hermes不但沒現身，就連珍貴的手稿也好端端地放在桌上。
就在眾人以為是開玩笑之際，一具具的屍體卻陸續被發現了：躺在紫色棺木裡、死狀猙獰的女人、中彈而死的男人、被麻繩勒頸窒息的女人……
循著蛛絲馬跡推敲，林若平這才恍然大悟，原來這整起事件都是個幌子，而他們每一個人，都只是被操縱在兇手手中把玩的棋子罷了……

國家圖書館出版品預行編目資料

快遞幸福不是我的工作 / 不藍燈著.--初版.--臺北市：皇冠文化. 2009〔民98〕.09
面；公分（皇冠叢書；第3889種）
（JOY；107）
ISBN 978-957-33-2578-9（平裝）

857.7　　98014459

皇冠叢書第3889種
JOY 107

快遞幸福不是我的工作

作　者—不藍燈
發行人—平雲
出版發行—皇冠文化出版有限公司
台北市敦化北路120巷50號
電話◎02-27168888
郵撥帳號◎15261516號
皇冠出版社(香港)有限公司
香港灣仔駱克道93-107號利臨大廈1樓
電話◎2529-1778　傳真◎2527-0904
出版統籌—盧春旭
責任編輯—張懿祥
美術設計—王瓊瑤・黃惠蘋
行銷企劃—李嘉琪
印　務—陳碧瑩
校　對—鮑秀珍・陳秀雲・張懿祥
著作完成日期—2009年2月
初版一刷日期—2009年9月

法律顧問—王惠光律師

讀者服務傳真專線◎02-27150507
電腦編號◎406107
ISBN◎978-957-33-2578-9
Printed in Taiwan
本書定價◎新台幣250元/港幣83元